新潮文庫

ほのぼのお徒歩日記

宮部みゆき著

新潮社版

11207

もくじ

写真　田村邦男
　　　土居　誉
地図　若原　薫

ほのぼのお徒歩《かち》日記

新装完全版のための前口上

この本をお目にとめていただきまして、ありがとうございます。

本書は新潮文庫版の拙著『平成お徒歩《かち》日記』に、書き下ろしの番外篇を加えた新装完全版です。

新たな令和の時代に合わせて、旧版からタイトルも変更することになりました。

誰でも、いつでも好きなときに、好きなように、行きたいところへ足を運び、ほのぼのと心をほどいて散策することができる――そんな平和で穏やかな日々を願い、『ほのぼのお徒歩日記』と改題いたしました。

本篇である平成篇と令和番外篇とのあいだには、二十五年の歳月が流れています。四半世紀前の自分と現在の自分の写真を見比べると、もう両手で地面に穴を掘って隠れてしまいたいほど恥ずかしい……。でも、人生という旅の恥をかき捨てながらこんなふうに歩いてこられたのは、本当に幸運で有り難いことだったと思います。

本書が読者の皆様をほのぼのとしたお徒歩旅にお誘いし、楽しい思い出作りのお役に立つことがあるならば、あるいは、これから未来へと続いてゆく令和の時代のなかで、過ぎ去った平成の一風景の記憶のよすがとなり得るならば、それもまた私にとってはこの上ない幸せでございます。

令和元年十一月吉日

宮部みゆき

前口上

『平成お徒歩日記』というおかしなタイトルの本書は、わたくし宮部みゆきの初めての小説以外の本であります。

本書が成立することになった過程につきましては、本文中のあちこちでグジグジとグチっぽく、グチこぼす者特有の熱をこめて縷々《るる》綴《つづ》っておりますので、ご一読いただければおわかりいただけると思います。文字通り足で稼いで書いた原稿でありまして(最後の方はグルメ旅行になってしまっててゴメンナサイなのでありますが)、日常、小説を書く上ではそれほど動き回らず、取材活動もごく限られた範囲内でしか行わないミヤベにとりましては、その点でも初めてのものとなりました。

本文中でさんざんグチっておきながら矛盾しているようではありますが、タイトル同様のオカシな本、読者の皆様が「江戸を歩いてみようかな」「東京を見学してみようかな」などと思い立つきっかけになってくれれば、こんなに嬉《うれ》しいことはありません。鞄《かばん》やポケットのなかにぽんと放り込んで、連れ歩いていただければ幸せです。

ところで、『お徒歩日記』シリーズが小説新潮誌上で掲載が始まったころ、ミヤベの担当編集者のなかに数名、これを「おとほにっき」と読むヒトびとがおりまして、ミヤベほほうと思いました。多数の文筆業者の支持を受けるワープロソフト「一太郎」でも、普通に「かち」と打ち込んで変換したら、「徒歩」の二文字は出てきません。そこで試みに、国語辞典を引いてみました。三省堂の新明解国語辞典（第五版）です。

かち【徒】㊀「徒歩《とほ》」の意の雅語《がご》的表現。㊁〔徒侍《かちざむらい》〕江戸時代、乗馬を許され
なかった下級武士。

というわけなんです。うーん、雅語ね。ミヤベ一味のお徒歩行に優雅なところはかけらもないと思うけど、でもちょっと嬉しいですね。

さて、本シリーズの連載と単行本化に際しては、たくさんの方々にお力添えをいただきました。とりわけ、歴史時代小説を手がけておられる諸先輩作家からの、「あの

企画、面白いね。頑張っていろいろなことやってよね」という温かい応援のお言葉には、本当に励まされました。前口上の一角ではありますが、まず巻頭で厚くお礼を申し上げずにはいられません。ありがとうございました。

それでは、お待たせをいたしました。皆様どうぞ、お徒歩の旅へ。出立前《しゅったつまえ》に靴紐《くつひも》をきっちり締めることをお忘れになりませんように。

其ノ壱
真夏の忠臣蔵

平成六年七月二十二日

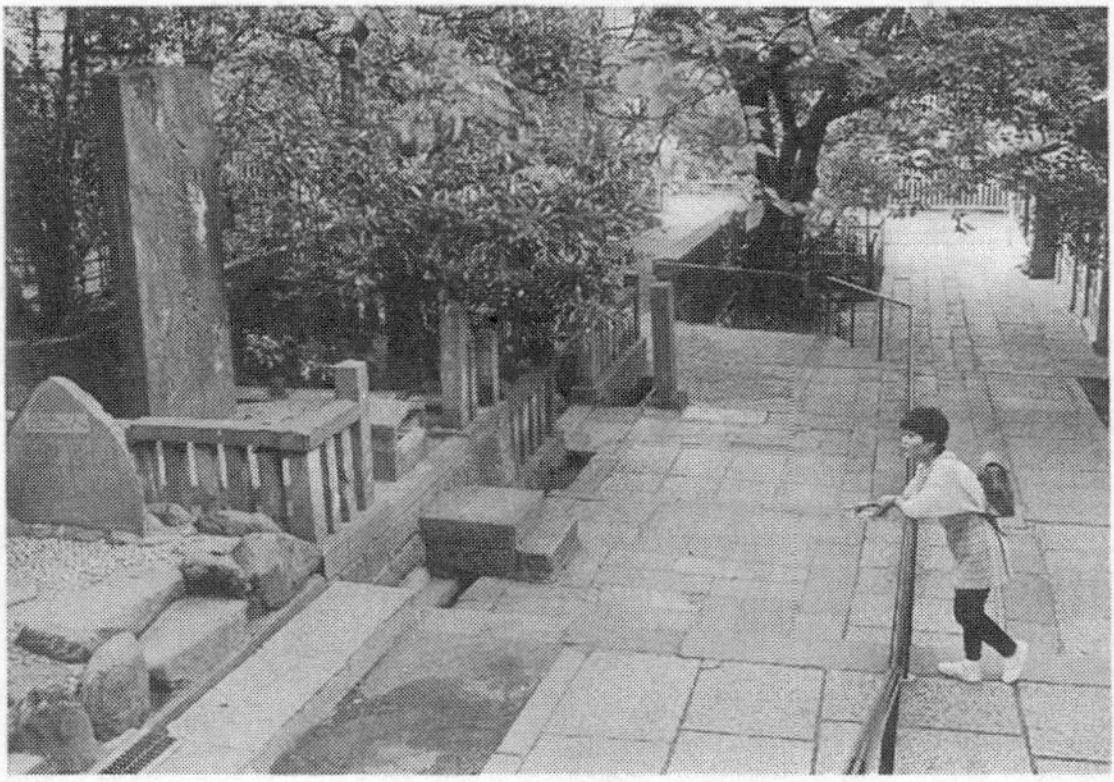

両国国技館
両国駅
隅田川
大高源五句碑
両国橋(現在)
本所松坂町
趾の碑
本所松坂町公園
回向院
江戸時代の両国橋
江戸時代の回向院
吉良邸跡地
一之橋
竪川
上野
浅草
吉良邸跡
錦糸町駅
両国駅
江戸城跡
両国橋
回向院
御船蔵
竪川
神田
日本橋
隅田川
浄心寺
松の廊下跡
(旧・本丸内)
東京
旧・山本町
有楽町
マリオン
永代橋
湊町
明石町
富岡八幡宮
浅野内匠頭邸跡
鉄砲洲
銀座第一ホテル
新橋
汐留橋跡
聖路加病院
芝口
本願寺築地別院
波除稲荷神社
浜松町
金杉橋
勝・西郷会見の地
泉岳寺
第一京浜
田町
品川
0 1 2 3 4 km

1　なぜわたしは心配するのをやめて真夏の炎天下に両国から高輪《たかなわ》まで歩くことにしたか？

異様に長い章題にございますが、読者の皆様には、まずこの企画の成立過程につきまして、ひとくだり説明をお聞き願いたい。そうでないと、わたくしミヤベも、この義挙《ぎきょ》に同行してくれた新潮社の御三方《おさんかた》も、単なる大うつけになってしまうからであります。

日々頭を抱えながら現代ミステリーを書く一方、時々うんうん唸《うな》りながら江戸時代が舞台の捕物《とりもの》や市井《しせい》物も書いているわたくしミヤベミユキでありますが、実を言いますと、江戸物を書くときいつもいちばん苦労するポイントとして、「時間と距離感」ということがあります。

かの時代には、時計が普及していませんでした。時の鐘が町のあちこちで人々に時間を報《しら》せていたわけですが、これはかなり大雑把なものだったようです。A地点で六ツを報せる鐘を聞いて、そこから半里ばかり歩いた先のB地点でもう一度六ツの鐘を聞いたなんていうことが、たまにあったそうですから。当時の人々にとって、時間というのは人間のほうに調子をあわせてくれるものであり、生活のペースの指針となってくれるのは、時刻ではなく、お陽さまの高さや月の傾き具合のほうだったわけですね。このあたりが、数えてみたら六畳一間の仕事場のなかに時計が八個ありました――という暮らしをしているわたしには、とても感じがつかみにくい。

ただ、それでもまだ、作中の登場人物たちがじっとひとところに動かずにいてくれる場合はよいのです。彼らが移動し始めると、これがまた面倒くさくなります。たとえば深川浄心寺《じょうしんじ》裏の山本町から日本橋万町《よろずちょう》へ、主人公の町娘を歩かせなきゃならないとしましょう。わたしは古地図《こちず》を広げてながめ、「えーと、この道を通ってここを渡って――」などとコンパス片手にチクチク考えるわけです。「どれくらい、時間がかかったことにすればいいかなあ」と悩んでいるうちに、アタマ痛くなってきちゃいます。

ところで、こういう困った作者のために、一応の距離と時間の目安となる言葉があります。「一里一時間」というのが、それ。一里つまり四キロ歩くのにかかるのが、だいたい一時間だよという意味ですね。ただしこれは、老若男女《ろうにゃくなんにょ》取り混ぜての平均値です。若者はもっと早いでしょう。職業によっても大きく差が出るでしょう。そのへんは塩梅《あんばい》しなくてはなりません。

それに、この便利な標語も、やっぱり頭のなかだけのものです。さらには、哀《かな》しいことに車の運転免許を持っていないわたしは、「時速○○キロだとこれぐらいのスピード」という感覚の物差しも持っていないので、「一里一時間」を「時速四キロ」と言い換えてみても、やっぱりチンプンカンプンなのですね。では、どうするか？

——やっぱりこれ、実際に歩いてみるしかないんじゃなかろうか？

というようなことを初めて考えたのは、かれこれ六年ほど前のことであります。当時のわたしは駆け出しも駆け出し。お金も仕事もないけど時間だけはクサるほどありました。そこで、ある小春日和《びより》の一日、運動靴はいてショルダーバッグを肩から幼稚園掛けして腰に万歩計をばくくりつけ、いざいざと出発。このときは、日本橋から門《もん》前仲町《ぜんなかちょう》の富岡八幡宮《とみおかはちまんぐう》まで。その一ヵ月ほどのちには、有楽町マリオンの前から歩きだして両国橋を渡ってJRの錦糸町《きんしちょう》駅まで。二度の試みをしたのでありました。

なんと酔狂《すいきょう》な……と思われる読者の皆様よ。でもこれ、案外楽しかったんですよ。

そしてそのときの記憶があったからこそ、今回の企画も生まれたのです。

小説新潮誌上におきまして、昨年の春、わたしは、日ごろ「縄張《しま》だ縄張だ」と威張っている深川一帯の地理と歴史について、いかに無知であるかということをサラけ出してしまう「深川散策記」的なエッセイを書きました。御記憶の向きもあるかもしれません。ところが、これが案外とウケがよろしかった。また、当人も楽しかった。で、今年に入りまして、小説新潮編集部担当の江木さんが、「何か続き物をやりませんか」というお話を持ってきてくれたとき、「もう一回、ああいうお散歩ものをやりませんか？」と、ワタクシは提案したのです。

これには、実にいじましい計算がありました。このころわたしは、（またカバンを幼稚園掛けしてあっちこっちフラフラ歩いてみよう）という計画を立てていたのです。ひとりでね。つまり自前でね。

しかし！　これがもし企画物ということになれば、おお、自腹切らずにあっちこっち行かれるうえにお勉強にもなるではないか！　ね？　オイシイお話でしょう。

で、「歩くんですか？」とにわかに渋りだす江木さんを説き伏せるために、ミヤベ必死で考えました。ひとりでなら、ただプラプラ歩くだけでも許される。でも、担当諸氏を巻き添えにするとなると、やはり大義名分《たいぎめいぶん》意義目的が必要となってきます。何にするか――

とっさに思いついたのが、「たとえば、赤穂浪士《あこうろうし》が討ち入りのあと泉岳寺《せんがくじ》まで引き上げた、その道筋を歩いてみるってのはどうでしょう？」ということでありました。「それは面白いかもしれませんね」と江木さん。「誰もやったことないですよ、きっと」

やるわけないんですよ、意味ないもの。古地図の読める方には必要のないことなんです。でも、わたしには嬉《うれ》しい話。企画が通るといいなあと思いつつ、打ち合わせ場所の喫茶店を出たのが三月初旬のことでありました。

さて時は流れ、江木さんから「あの企画、実現することになりました」という連絡をいただいたのは、梅雨時（今年の場合は空《から》梅雨時ですね）のこと。

「赤穂浪士の引き上げ道を歩く、やりましょう」

「わ、嬉しい。で、いつごろ？」

「編集長とも相談したんですが、掲載の都合もありまして、七月半ばぐらいでどうでしょうということなんですが」

ミヤベ、沈黙。七月半ば？

この空梅雨の、この暑さ。これから推《お》すに、七月半ばはもう、きっとギンギンの猛暑だろうなあ……。

「暑いですけどね、ハハ、踏破したあとのビールが旨《うま》いですよ、きっと」と、諦《あきら》め気

味の江木さん。今さら引っ込みもつかず、「ははは」と笑うミヤベ。唯一《ゆいいつ》の望みをかけて、

「でも、本気で凝《こ》るのなら、十二月十四日の夜中がいいんじゃないですかぁ？」

と言ってみると、江木さん曰《いわ》く、

「徹底して厳密にやろうと思ったら、鎖かたびらを着て歩かないとならないですよ。だからそのへんはいいんじゃないんですか？」

「そうね、そうですね」と、急いで退却のミヤベ。鎖かたびらどころか、「いっそのことどこかへ討ち入ってから泉岳寺に向かいましょう！」なんてステバチになられたらまずいです。まだ、この業界から石もて追われたくはございません。

という次第で、決行日は七月十五日と決定いたしました。熱射病になったらコワイなぁ……などとオドオドしつつ、とりあえず商店街で帽子買ったり日傘買ったり大沢[1]オフィスの河野嬢に「サングラス買うといいです！」とアドバイスされたり水筒も要るかなぁと考えたりしているミヤベの前で、日めくりは容赦なくめくれてゆきます……。

ところが。

こうして意味のない苦難の企画が実行に移されようとする、まさに一週間前の七月八日、事件が起こりました。なんと、企画の発起人であるわたくしミヤベが、突然救急車で病院に担《かつ》ぎこまれてしまったのです！　そりゃあもう大騒ぎ。救急車に乗るのは初めての経験で、いやもう恥ずかしいのなんの。近所の人たちは集まってくるし……。

といっても、ハズカシイなんて文句たれていられるくらいですから、たいしたことはなかったのです。病名は腎臓結石《じんぞうけっせき》というか尿道結石。字面《じづら》としてきまり悪いので「腎臓」のほうを採用いたしますが、要するに身体《からだ》のなかに石ができちゃって、それが外に出るまでおなかが痛くてどうしようもないという病気なのですね。胆石も、同じような病気です。わたしは運がよくて、痛みだしてから三時間足らずで石が出てしまい、あとはケロリ。一応一泊入院したのですが、翌日の午後にはもう家に帰ることができました。それくらい、いってみれば物理的な病気（病気のうちに入らないという人もいます）なのですが、時には、ひと晩もふた晩も苦しんで、それでもまだ石が出ないということもあるそうです。

この、石が出てしまうまでの痛みといったらそれはもう凄絶《せいぜつ》なもので、七転八倒《しちてんばっとう》どころか七十転八十倒ぐらいしちゃいます。わたしは、いちばん痛いときでも、救急隊の人やお医者さんや看護婦さんたちと話ができたし、歩くこともできたくらいですから、症状としては軽かったのでしょう。本当に本物のひどい場合は、脂汗《あぶらあせ》ダラダラ流すだけで口もきけないそうです。痛み止め注射なんて気休めにもならず、最後はもう麻酔するしかないとか。けっこう怖いでしょう？

それはともかく、点滴をガラガラ引きずって電話をかけにゆくことができるようになるとすぐに、わたしは河野嬢に一報。軽い病気だけど、念のため、来週のお散歩企画は少し延期してもらうようにお願いしてねと頼みました。それはすぐさまＯＫとなり、決行日は一週間ずれて、二十二日となったのでした。

さてこの延期の一週間のあいだも、わたしは通院していたのですが、最後に、お医者さまがこうおっしゃいました。

「レントゲンで見るとまだ石があるんですけどね、薬を飲むよりも、どんどん水分をとってどんどん歩いて出しちゃうのがいちばんいいですからね、そうしてください。痛くなければ、もう来なくていいですよ」

はは あ……と、ミヤベは思ったことであります。どんどん歩け、と。これつまり、例の企画にもうひとつ大義名分がついたということではないか！

気をよくしたわたしはさっそく江木さんに電話連絡。「お医者さんから許可が出ました。というより、どんどん歩けというお達しです」

「それはよかったですねえ。でも、入院は初めてでしょう、いかがでしたか？」

「建物は古いんだけど、看護婦さんが若くて美人ぞろいなんでビックリしました。食事を持ってきてくれる准《じゅん》看護婦さん（たぶんそうだろうと思う）たちも、アイドルタレントみたいなんだもん」

　このときの江木さんの反応については、武士の情けで伏せておいてあげます。でもこれは、誓ってホント。読者の皆様のなかで、どうしてもこの病院の所在地を知りたいという方は、新潮社気付でお便りをどうぞ。

　さて、長い前置きでございましたが、斯様《かよう》な次第でこの企画、表向きは「江戸人の距離感を足でつかもう！」しかしその裏には「宮部みゆきサンの腎臓結石を治そう！」という遠大な目的を秘めて、空梅雨も見事にあけた七月末の晴天下、[2]午前中からすでに気温三十度を突破という好日和に、波乱含みの幕を開けたのでございます。

2　回向院《えこういん》から永代橋《えいたいばし》まで——本所深川は「江戸」ではないというお話

元禄《げんろく》十五年十二月十五日早朝、吉良邸《きらてい》討ち入りを終えた赤穂浪士一党が、泉岳寺までどんな道筋を歩いて行ったか？

これについては、ふたつの資料を参考にしました。まず、原惣右衛門《はらそうえもん》（当時五十五歳・赤穂藩士時代の役職は足軽頭《あしがるがしら》）の『討入実況覚書《うちいりじつきょうおぼえがき》』の以下のくだり。

「道筋の儀は、町筋は御禮日之儀《ごれいじつのぎ》に御座候故差控《ござそうろうゆえさしひか》へ、御船蔵の後通り、永代橋より鉄砲洲《てっぽうず》へかかり、汐留橋《しおどめばし》筋、金杉橋《かなすぎばし》、芝へ出《いで》候て、泉岳寺へ参候《さんそうろう》」

文中の「御禮日」というのは、幕府の定めた式日のことで、毎月の十五日、江戸在府の大名・旗本は、総登城する仕来《しきた》りとなっていました。ですから、吉良邸からすぐ大川へ向かって両国橋や新大橋を渡ったりすると、江戸の町の中心部を横切ることになり、登城してくる大名たちと出会ってしまうかもしれない。そこで、いたずらに騒動を起こさないため、「差控へ」たというくらいの意味にとってよいと思います。また、これはわたしの純然たる想像ですけれど、いくら主君の仇《かたき》を討ったとはいえ、斬《き》ったばかりの首を掲げての道中、登城する大名や旗本に行き合えば、「血のけがれ」になるので失礼だ――という配慮もあったのじゃないかと思います。ホントに想像ですが。

もうひとつ、富森助右衛門《とみもりすけえもん》（当時三十四歳・赤穂藩士時代の役職は馬廻《うままわり》・使番《つかいばん》）の残した『富森助右衛門筆記』にも、

「道筋之儀通り町筋は御禮日儀候故指扣《さしひかえ》、本所《ほんじょ》御船蔵之後通永代橋より鉄砲洲・汐留橋・金杉橋・芝泉岳寺へ参候」と、ほぼ同じ記述があります。どちらも当事者の書き残したものですから、これでまず間違いないでしょう。

でしょう、という言い方をしたのには、理由があります。浮世絵の、いわゆる義士引き上げの図では、四十七士が両国橋を渡り終えたところを描いたものがよく知られていますし、またこの当時の他の記録のなかに、四十七士が両国橋を渡ったと書き残してあるものが存在しているからです（ただしこれは聞き書き）。また、本所二ツ目（当時はまだ松坂町ではありませんでした）にあった吉良屋敷から大川を渡ろうと思うなら、地理的には両国橋がいちばん近いところにあることも事実です。わたしは専門家ではないので、明確にどちらに軍配《ぐんばい》をあげるかと問われると苦しいのですが、ここではひとまず、当事者の残した記録のほうを優先することにしました。

さて、問題の七月二十二日午前十一時。わたしたち一行は本所回向院門前に集合いたしました。前述した『富森助右衛門筆記』に、「討ち入りのあとは一旦《いったん》無縁寺（回向院）に集まろうと申し合わせておいたのだが、寺へ行ってみると門が閉まっていてなかに入れてもらうことはできなかった」という記述があるので、ここを出発点にしたわけです。結局、四十七士は回向院脇《わき》の路上で集合し歩き始めたのですが、わたしたちは門前に集まりました。なんとなれば、現在の回向院の両脇には、どでかいビルがそびえていて、道なんてなかったんです。

わたしたち一行は、四十七士ならぬ四人の面々。わたしと担当の江木さん、出版部の中村さん、写真部の田村さん。機材を運ぶ田村さんがいちばん大変な役回りで、それについてはずっと（申し訳なひ……）と思っていたミヤベですが、案じていたよりは軽そうな荷物で、しかも江木さんが半分分担して担いでくれましたので、後ろめたさが大分《だいぶ》少なくなりました。

「こりゃ、日に焼けそうだね」

田村さんが嬉しそうにぎんぎんの太陽を仰ぎます。といっても、田村さんすでにテニス焼けで真っ黒なんだよね。

「田村さんはいいですよ。焼けてもいい色になるだけだから。僕はもうあとがヒリヒリで大変で」

と、こぼす江木さん。そういえば江木さんて、すごい色白なんですよ。瞳《ひとみ》の色も薄いので、色素の少ない体質なのでしょう。新担当者として初めて顔をあわせたとき、ミヤベはこのヒト絶対にハーフに違いないと思いました。実際にはそうではないのですが。

「なにしろ江木さんはロシアの出身ですからねえ」

「そうそう、本名はニコライ・オンナスキーだから」

関係者の名誉を守り新潮社の内紛を避けるため、この二発言が誰のものかについては、ミヤベ沈黙します。おお、しかし、ニコライ・オンナスキー！

「決めた。これから江木さんはニコライ江木だ！」

「え？　僕だけそんな、殺生《せっしょう》ですよ！」

「あらそう？　なんなら江木オンナスキーでもいいんだよ」

「そんなそんな……」

絶句するニコライ氏。ミヤベ、面白くなったのであとの二氏にもコードネームをつけちゃうことにしました。まず田村さん。田村さんとは、ミヤベが新潮社共催の日本推理サスペンス大賞をいただいた直後、顔写真を撮影してもらいに写真室へ行ったときが初対面でしたから、けっこう長いお付き合いになります。初めてお会いしたときの印象は、「なんだか、大きくてヒトなつっこくて子供好きのセントバーナードみたいなおじさまだなぁ」というものでした。ところが、その後田村さんにいろいろ伺うと、実は大の犬好きで、愛犬のマックはほとんど子供も同様だとか。よし、田村さんはマック田村で決まりだな。

出版部担当の中村さんはというと、実はこのヒトはミヤベよりもずっと年下なのですが、非常に落ち着いた人柄で、時々こちらの目からウロコが落ちるようなことを言ってくれるのです。スパッとね。ですから、庖丁人《ほうちょうにん》中村と呼ぶことにしましょう。

「僕だけしょうもないコードネームですね」

すねるニコライ江木氏。いいじゃない、皇帝ニコライだと思っておけば、ねえ？

「暑いですねえ～」を合言葉に、ま、ともかく出発しましょうということになり、最初に足を向けたのは、四十七士の足取りとは逆に、吉良邸でした。つまり、墨田区両国三丁目に立てられている、吉良義央《よしなか》邸跡の石碑です。

回向院から東に徒歩三分ほど。町中の一角に、２ＤＫぐらいの広さの土地を囲んで瓦《かわら》屋根つきのなまこ塀《べい》が残されており、石碑は門の脇に立てられています。木戸を通ってなかに入ると、当時から吉良屋敷内にあったという伏見お稲荷《いなり》さんが安置されており、ちょうど、訪れた五、六人の女性が、熱心に拝んでいるところでした。吉良町の方々かもしれません。塀の内側には、当時の吉良邸の見取り図なども掲示されていますし、あの日ここで命を落とした小林平八郎や清水一学を始めとする吉良方の侍たちを供養《くよう》する小さな石碑も立てられています。ここにも、花やお供物《そなえもの》が溢《あふ》れていました。

この吉良邸は敷地坪数二千五百五十坪、建築坪数約八百四十六坪、現在の住宅地図と重ねあわせてみると、たっぷり二区画を占領してまだ余りが出るほどの広大なものです。当時、このあたりは町屋と武家屋敷が混在しているところでしたが、これだけの規模にしてしかも新築、あたりをはらう威容を誇っていたに違いない吉良邸を、周囲の町人たちはどんなふうに思っていたのでしょう。上杉上屋敷《かみやしき》に駆けつけ、討ち入りの一報を入れたのは、吉良邸の近くに住む豆腐屋だったという説がありまして、もしこれが本当ならば（この豆腐屋が上杉方のスパイだったなら話は別ですが）、町方にも吉良の味方がいたということになるでしょう。

石碑のそばを離れると、わたしたちは道なりに南へと進みました。「御船蔵の後通り」とあるように、目立つ大川河岸は避けて、そこより一本ないし二本東寄りの道を、ひたすら永代橋目指して下るだけの道中。竪川《たてかわ》を渡ればそこはもう深川、現在の江東区です。

さて、お手元に江東区の地図があれば、それを開いてみていただければ一目瞭然《りょうぜん》なのですが、この江東区というところには、他の二十二区とは著しく違う特徴があります。道路が、京都のそれのようにきれいな碁盤《ごばん》の目になっているということです。

言うまでもなく、江戸は城下町。そして城下町は、お城を中心に放射線状に道がつくられ、建物が建てられてゆくものだというのが常識です。事実、皇居を中心にして現在の東京の地図をながめれば、山手線の内側の道路は、おおむね放射線状に伸びていることがわかります。

それなのに、なにゆえ江東区だけが例外なのか？　これはやはり、この地が江戸初期からの埋め立地であり、新開地《しんかいち》といえば聞こえはいいですが、はっきり「城下町の外」と認識されていたからでありましょう。堀割を多く作り、水路を活用するためという理屈もあったでしょうが、人為的につくる土地ならば、道路は真っすぐに引いておいたほうが便利で易しい。実際、大川の東側の本所・深川あたりが町奉行所の管轄《かんかつ》内として認められたのは、江戸も中期以降のことです。人口が増え人の出入りが激しくなったので、治安対策上そういう措置をとったのでしょうが、それまでは代官支配

お徒歩の第一歩を本所・吉良邸に印す。右手に地図、左手に資料、頭に帽子、背にリュック、足には履きなれた靴、それに健脚と治癒すべき疾病（？）。これ、お徒歩隊の七つ道具なのでありました。

地でした。つまり、残念ながら、深川は根っからの江戸ではなかったし、わたしも江戸っ子ではないという次第。

それにしても、ここからも、まるで追い払うように大川の東側への屋敷替えを命じた幕閣《ばっかく》の、「討つなら討て、ただし江戸の外でやれ」と言わんばかりの、吉良に対する冷淡な本音が感じられます。でも、おかげで、引き上げ道をたどるわたしたちは助かりました。現在の江東区の地図と、当時の深川の切絵図《きりえず》を比べてみても、橋の位置や数、堀割の長さなどが多少違っているだけで、とても見当がつけやすかったからです。

気温は高いですが、午前中は日差しも照りつけず、風は涼しくて、おまけに道は単調で、楽な道中でした。四十七士は、追っ手、とりわけ上杉勢の追撃を思って足早に進んだことでしょうが、わたしたちはのんびり散歩気分。信号待ちをしなければならないところも、彼らとは違っていました。

書くのが遅くなりましたが、吉良屋敷から高輪泉岳寺まで、距離にして約十キロの行程です。一里一時間の公式をあてはめれば、二時間半で到達できる理屈。この道を、記録によれば、四十七士は約二時間で歩きました（午前六時から午前八時）。ただし、鎖かたびらを始めとする重い武具を身につけ、吉良勢との激闘のあとの二時間です。

いくら追っ手を警戒しての道中とはいえ、健脚という以上の凄《すご》い脚力であります。途中、足を捻挫《ねんざ》していた原惣右衛門ら二人が駕籠《かご》に乗っていますが、他の四十五人は歩き通しました。

試みに、四十七士の平均年齢と、わたしたち四人のそれとを比べてみますと、

四十七士　平均　三十九歳

　最年長　堀部弥兵衛《やへえ》　七十七歳

　最年少　大石主税《ちから》　十六歳

わたしたち　平均　三十六歳

　最年長　マック田村氏　四十九歳

　最年少　庖丁人中村氏　二十七歳

わたしたちがこの十キロを何時間ぐらいで歩き通したのか……ま、おいおいわかるでありましょう。

永代橋を渡ったところで、橋のたもとのコンビニで飲み物を買い、きれいに整えら

れた護岸《ごがん》公園に降りて一休み。ポンポンとエンジン音を響かせて東京湾へとくだってゆく船をながめつつ、隅田川もきれいになったもんだと感心しました。ちょうどお昼どきで、周囲では、ビジネス街の人たちが、思い思いの休憩時間をすごしています。そのなかに、リュック背負って運動靴履きの異様なる風体《ふうてい》の四人組。やはり注目されておりました。

それにしても、東京の町って、そこらじゅうにコンビニがありますね。

3　鉄砲洲の浅野屋敷はどこだ？　庖丁人中村氏気の早い寺坂吉右衛門になるのくだり

打合せの段階から、永代橋を渡ったあと、東海道南下――現在の第一京浜をくだってゆく道のりに辿《たど》り着くまでのこの行程が、いちばん難儀であろうと話し合っていました。明石町《あかしちょう》、湊町《みなとちょう》、鉄砲洲、築地《つきじ》のこのあたりは、切絵図でも読み取りにくいし、現在の地図に重ね合わせても、よくわからないところが多かったのです。

案の定、隅田川中洲にそびえる高層ビル群を左手に、わたしら、道に迷いました。このころから「さあ出番だ！」とばかりに照りつけ始めた太陽を頭上に、行った道を戻ったり曲がり角で立ち止まったりしてさあ困った。住居表示を頼りに、「湊町――湊町はどっちだろう？」「鉄砲洲は？」などとウロウロ。二十分ほど無駄にしてしまいました。

迷子の原因は、やはり、当時の堀割が現在は埋め立てられていて、切絵図にある橋がなかったことでした。最終的には、聖路加《せいるか》病院前を通る都営バスのバス停を発見し、その道に沿って築地方面を目指すことで解決できたのですが、さてここでツキに恵まれました。ちょうど鉄砲洲のあたりで、中央区役所が立てた「歴史と人の散歩道」という標識を見つけ、そのなかに、「浅野家上屋敷跡」の表示があるのを発見したのです。そこにはどうやら石碑でも立っているらしく、場所は聖路加病院の敷地内のようです。

喜んだわたしたちは、じゃあここで先にお昼にしようと、築地の「さらしなの里」というおそば屋さんに足を向けました。通人が好むというこのおそば屋さん、わたしはとろろそばを頼みましたが、冷たくて美味。おまけにクーラーもほどよくて、そのうえビールも美味《おい》しくて、「この分なら、けっこう楽勝で泉岳寺まで行けますね」などと、お気楽極楽《ごくらく》な四人連れになってしまったのでした。

小一時間の休憩のあと、築地から逆戻りして聖路加病院の塔を目指して歩き出しました。途中、ここでキャンプができますという小さな児童公園を発見。ちゃんと炊事場や共同水道なども設けられているのですが、だけどねえ、ビル街のど真ん中で、地面はコンクリート舗装。しかも木立がまばらなので、直射日光ギンギラなのですよ。ここでキャンプするくらいならうちで寝てたほうがいいけどなと思いつつ、だけどアタシのやってることだって街中でキャンプするのと同じくらいアホかしらと、やや正気に戻りかけました。

と、そのとき。

「あれ、こんなところに！」という庖丁人中村氏の叫び声に駆けつけてみると、なんと、聖路加病院の十字架を遠く仰ぐ、フェンスの周りの緑地のなかに、「浅野家上屋敷跡」という大きな石碑を発見したのです。

「敷地のなかじゃなかったんですねえ」

「今、聖路加は一部を取り壊して建て直してるんですけど、これは残るように配慮してあるわけですな」

さっそく、写真をパチパチ。四十七士は鉄砲洲のお屋敷の前にさしかかったとき、亡《な》き主君《しゅくん》を偲《しの》んで感に堪えない思いだったことでしょうが、わたしたちは陽気なものです。

浅野家上屋敷は、当時の地図で見ると、西本願寺の南東に位置し、南と西は堀割に面しています。殿中狼藉《でんちゅうろうぜき》の一報で、屋敷のなかが天地がひっくり返ったような大騒ぎになっているとき、夜陰《やいん》に乗じて、この堀に面した水門を通り抜け、町人四、五十人が屋敷内に乱入、家具や道具を持ち出してしまったという出来事がありました。門番の急報で堀部安兵衛が駆けつけ、刀に手をかけて叱《しか》りつけると、皆あわてて逃げ出した——とありますが、いつの時代も、まことに庶民というのはたくましくもエゲツナイものであったのです。

さて、同行してきてくれた出版部の庖丁人中村氏は、石碑発見のお手柄《てがら》を置き土産《みやげ》に、他所《よそ》での打ち合わせの約束を果たすため、ここで離脱の身の上。③寺坂吉右衛門じゃないのぉ——とはやしたてつつ、高田馬場まであと三里の安兵衛のように走ってゆく氏の後ろ姿に、とりあえずお疲れ様でしたのミヤベでありました。

ところがね……ホントにきつくて大変だったのは、ここから先だったんですよ。

4　銀座第一ホテルで沈没寸前、第一京浜死の彷徨《ほうこう》

鉄砲洲のお屋敷をあとに、晴海《はるみ》通りへと出たわたしたち、今や三人。お昼を食べて気持ちよくなってるところではあるし、せっかくだから築地の波除《なみよけ》神社をちょっとお参りしていこうよと、午睡《ひるね》にまどろむ問屋街を通り抜け、ほとんど冗談みたいに巨大な獅子《しし》頭を拝んだあたりまではまだよかった。

このころから、太陽はますます気合いを入れてガッツンガッツン照らしてくるし、午前中は心地よかった微風もぴたりと止まり、流れるものはただ汗よ——という具合になってきたのが午後二時すぎ。足取りも重く、「いやしかし、暑いですね」という会話も途切れがち。

とにかく晴海通りに戻り、新橋目指してテクテクと歩いてゆくあいだも、顎《あご》から滴《したた》り落ちる汗はもうハンパじゃありません。ついに立ち止まり、「ちょっと、どこかで休憩しましょうか」と言い出したのは軟弱ミヤベ。「あたし、病み上がりですもんねえ」と、お医者さまの処方も忘れて勝手なことを言ってますが、

あとのお二人も、「そうですねえ」と即座に同意されたところを見ると、やっぱり、シンドかったのでしょう。

あれを御覧と指さす方に、銀座第一ホテルの看板が。おお、冷房じゃ！　とばかりに、手前の歩道橋をヒイヒイ言いながら登って降りて、ロビーに飛び込んだときには、ああ、つくづく江戸時代に生まれなくてよかったと、ワタクシ、思ったものでございます。

ここで冷たい飲み物をとり、三人三様に思っていたことは、（ま、そろそろ早駕籠《はやかご》に乗っちゃってもいいかな？）ということだけ。つまり的士、タクシーでありますね。漢字で書いたってごまかせないですよ。

やっぱり真夏じゃね。全部歩くのは無理だよねなんて都合のいいことを言いながら、一時間ほどの休憩のあと、名残を惜しみながらホテルを出て、新橋駅前の人込みのなかに。勤め人溢れるこの街では、やっぱり異様なわたしたち。それでも、ホテルのクーラーのおかげで、足取りは大分軽くなりました。

「浜松町まで歩いていって、そこからタクシーという感じでどうでしょう」というニコライ江木氏の提案に、そうねそうねと同意したのも、やや復調してきたからでした。ホテルに飛び込んだときには、正直申しまして、「アタシ帰る」と思っていましたミヤベです。

新橋を通過して、第一京浜に入りますと、あとはもう迷いようのない一本道です。途中、金杉橋さえチェックすればそれでよし。わたしはホッとしたけれど、さて四十七士は、東海道に入ったこのあたりで、どんな気分だっただろうかと考えました。

ここまで来ると、追っ手のことは、もうあまり心配しなかったんじゃなかろうか。全行程の約半分を来たあたり。軽微とは言え負傷者のなかには、疲労で遅れ気味になる者も出てきたかもしれません。空腹と寒さも骨身にしみ始めてきたことでしょう。七十七歳の御老体《ごろうたい》、堀部弥兵衛は大丈夫だったのかな。

単調な一本道の道中、四十七士たちは、どんな言葉を交わしていたのでしょう。彼らを見かけた町人たちからの聞きとりの形で、「これほど疲れるとは思わなかった」「安堵《あんど》したから疲れたのだ」などの会話が残されていますが、子細のほどは、小説家の想像の領域のなかにのみ存在しているのではないかと、ふと思いました。

本懐《ほんかい》を遂げたこの段階になって、ようやく、内匠頭刃傷《たくみのかみにんじょう》の理由について、語り合うことはなかったのだろうか——そんな疑問も、わたしの頭をよぎりました。わざわざ書くまでもなく、これについては諸説乱れ飛んでおりますし、ごく一般的な「吉良の賄賂《わいろ》要求・嫌がらせ説」は勧善懲悪《かんぜんちょうあく》的な魅力もあり、史実の裏付けの有る無しを別として、すでに定番の説となった感があります。わたし自身は、忠臣蔵にも若干の係わりを持つストーリーの拙作『震える岩』を書いたとき、完全な内匠頭乱心説を採りましたが、現在では、ちょっと違う考え方をしています。

たしかに、内匠頭乱心は、乱心だったのだろう。でもそれは、いわゆる通り魔的な筋道の通らない狂気の爆発ではなく、勅使供応役《ちょくしきょうおうやく》を務めるあいだ、しんしんと心のうちに積もり積もっていた吉良への不満や反感が、ああいう形で噴出口を見つけて吹き出した——というものだったのではないかと思うのです。

ではその不満や反感の理由は何か？　それは、単純だけど、ひと言でいえば「相性が悪かった」——これに尽きるのではないか。ちょうど、エリートサラリーマンが、日ごろから折り合いの悪かった上司を金属バットで殴り殺してしまったという事件にも似た、悪いときに巡り合わせてしまった悪い組み合わせが産んだ悲劇だったのではないかと思えて仕方がありません。

特に気になるのは、内匠頭が十代のときにも供応役をおおせつかっており、そのときの指南役も吉良だったということ。吉良は若くて素直な時代の内匠頭を知っており、かつ、両者ともにその当時よりは歳《とし》をとっている。その後の十数年のあいだに自我も固まり、藩主としての面目や意地にも目覚めた三十代壮年の内匠頭。しかも、片方は身分上も職務上も気位《きぐらい》が高く、片方は気質的に神経質。

(昔はもっと素直だったのに)

(そうそう子供扱いされては困る、面目がたたぬ)

というようなそれぞれのストレスが、水面下に淀《よど》んでいたのでは……。

なんてことを考えているうちに金杉橋に到着。淀んだ川の上に浮かんだ釣り舟で、かろうじて「橋」なんだなあと思うくらいで、目に入ってくるのは頑丈そうな歩道橋と、忙《せわ》し気に行き交う大型車。第一京浜を見おろすビルは、傾きかけた日差しを照り返し、かつての東海道の面影は、どこにも残されておりません。

それでも、歩いてみると発見はあります。たとえば、地下鉄の三田駅近くの三菱《みつびし》自動車のショールームの前に、勝海舟と西郷隆盛《たかもり》が江戸城無血開城をかけてこの地で会見したことを記す丸い石碑が立てられているのを見つけました。添え書きによると、このショールームがあるあたりは、当時は一面の砂浜で、落語『芝浜』の舞台になったのもここであるそうな。見返る人など誰もいない都会の片隅のこの石碑は、現在の東京のこの繁栄の基礎の基礎を築いた明治維新の立役者の名前をひっそりと刻んで、西日に光っていたのでした。

という次第で、最後の登り坂が死ぬほどきつかったけれど、結果的にはわたしたち

全行程、徒歩にて踏破せり。本当に本当に、歩いた、暑かった、歩いた、であります。右は高輪泉岳寺、四十七士の墓どころ。お帽子を脱いで、敬礼。本当に、雪は消えても、消えのこる、名は千載の後までも……、ですね。

三人、泉岳寺まで徒歩で歩き通したのであります。時計を見ると、早夕方の五時半をまわっている。泉岳寺も参拝時刻はすぎていて、お線香をあげることもできず、とにかく帽子を脱いで、はるばるやって参りましたとご挨拶《あいさつ》。

しかし、夕方で人気《ひとけ》がなかったせいかもしれないけれど、泉岳寺って、けっこう怖いお寺です。忠臣蔵――いえ、赤穂事件の解けない謎《なぞ》が、そこに封じ込められたまま眠っているからかもしれません。

その後わたしたちは、タクシーで飯倉《いいくら》まで移動。夕食をとったのですが、そのときのタクシーの運転手さんの話では、泉岳寺にお参りに来る人のなかに、新橋あたりから歩いてくる人がいるそうです。

「赤穂義士の気分を味わいたいんでしょうね」

粋狂はわたしたちだけじゃなかったわけねと、ちょっと安堵しました。

さて、こんな具合でそれなりに無事に過ごした「両国〜高輪　真夏の忠臣蔵」。歩くのも面白いですねという声もあり、不定期ながら、今後も企画として実行されそうになってきました。今のところわたしたちのあいだで取り沙汰《ざた》されているネタがいくつか。

- 「市中引廻しの上、獄門《ごくもん》」の、市中引廻しコース。
- 諸大名の登城コース。
- 川崎大師へお参りコース（これは長距離だ！）。
- 堀部安兵衛「高田馬場まであと三里」コース。
- 「お江戸日本橋七ツ発《だ》ち」最初の宿場《しゅくば》までコース。

などなどであります。果たして、脱落者は出るか？　ミヤベの腎臓結石はいつ治るか？

ほとんどどうでもいいような謎を抱えたこの企画、しかしご期待あれ！

※参考文献
『忠臣蔵』第一巻・第三巻（赤穂市総務部市史編さん室）
『元禄忠臣蔵—その表と裏—』飯尾精（大石神社社務所）
『忠臣蔵　元禄十五年の反逆』井沢元彦（新潮社）

注釈
講釈
後日談

其ノ壱

①**大沢オフィス【おおさわ・おふぃす】** 有限会社大沢オフィスというのは、ミヤベが所属しているマネージメント会社です。会社名にもあるとおり、もともとは『新宿鮫』シリーズを始めとする一連の作品で大人気のベストセラー作家・大沢在昌さんの個人事務所なのですが、ミヤベも契約作家のひとりとして、事務仕事や映像化権の管理などを全部お任せして面倒みていただいています。なお、同じく飛ぶ鳥落とす勢いの人気作家・京極夏彦さんもこのオフィス所属で、当代の人気男ふたりと一緒に働くミヤベはシアワセものでありますね。

大沢オフィスについては巷間ウワサされることが多く、「三人で事務所に机並べて原稿書いているらしい」とか、「すっげえ搾取がある」とかナンとか言われたりしているのですが、実はそんなこと、まったくありません。オフィスが六本木の防衛庁にほど近い場所にあり、オッカナイ作家が三人所属しているので、出版各社担当編集者のあいだで「六本木の魔の三角区域」と恐れられているというのも、ただのウワサでありますよ。たったひとつの真実は、大沢・京極・宮部の三作家が外ではどれほどエラそうな顔してぶいぶいフカしていても、オフィスの代表取締役である大沢さんの令夫人と、本文中にもしばしば登場する（京極さんの『どすこい（仮）』にも〝出演〟してます）秘書の河野嬢にはぜーんぜん頭があがらないんだということだけであります、コホン。

②**猛暑**【もうしょ】皆々さま、覚えておいででしょうか？　第一回目のお徒歩が決行された平成六年の夏。一年後にミヤベさんは「あのいっそ凶暴と評してしまいたかったほどの猛暑」と振り返っていますが（本書八五頁）、ウソは申しておりません。平均気温や一日の最高気温、熱帯夜の日数などのさまざまなデータが全国各地で〝気象観測はじまって以来〟の記録更新続きで、〝百年に一度〟といわれる猛暑でした。「こりゃ、凄まじい」と感じたのは、朝日新聞の八月八日付け夕刊一面の大見出し。『この猛暑、非常事態／「日本人の適応能力超えた」医師ら警告』。

③**寺坂吉右衛門**【てらさか・きちえもん】赤穂義士の一人。吉良上野介を討ち、泉岳寺へ引き上げの途次、一党から離脱した。足軽、三両二分二人扶持《ぶち》。四十七士のなかでは軽輩に属し、離脱の理由は大石内蔵助の密命を受け、主君・浅野内匠頭未亡人の瑤泉院をはじめ、諸国へ散った同志へ、討ち入りの報告をするためだったとも、単なる逐電だったとも、いわれている。

其ノ弐
罪人は季節を選べぬ引廻し

平成六年十二月十六日

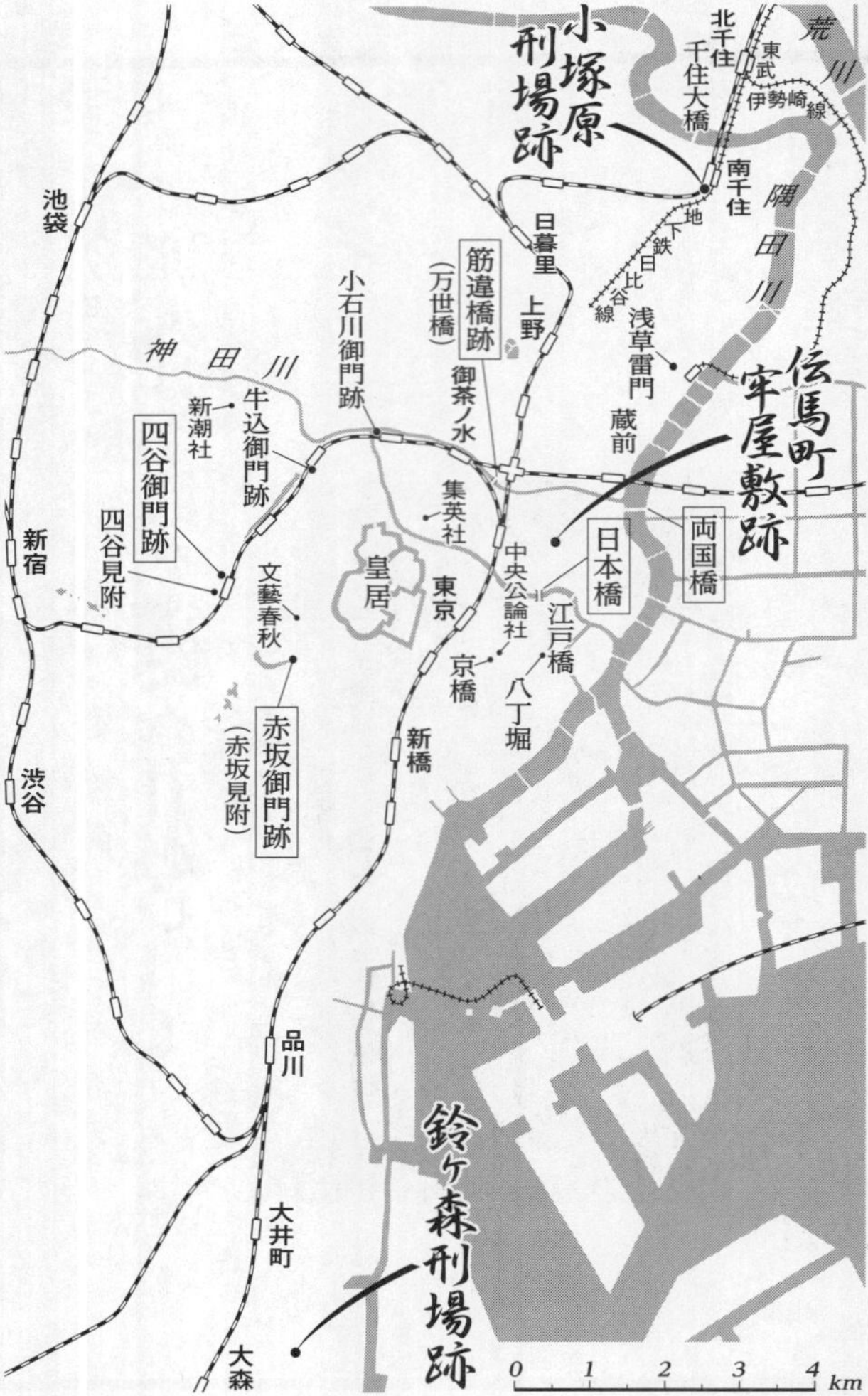

小塚原刑場跡
北千住
千住大橋
東武伊勢崎線
荒川
南千住
隅田川
地下鉄日比谷線
池袋
日暮里
筋違橋跡
(万世橋)
上野
小石川御門跡
浅草雷門
伝馬町牢屋敷跡
神田川
御茶ノ水
蔵前
新潮社
牛込御門跡
四谷御門跡
集英社
両国橋
新宿
四谷見附
皇居
東京
中央公論社
日本橋
文藝春秋
江戸橋
京橋
八丁堀
赤坂御門跡
(赤坂見附)
新橋
渋谷
品川
大井町
鈴ヶ森刑場跡
大森
0 1 2 3 4 km

今回は、のっけから切り口上。

小説新潮編集部に、わたくしミヤベはお尋ね申し上げたい！　何故《なにゆえ》に、時代小説大特集号を、年二回、真夏と真冬に刊行なさるのでございますか？　どうして、春や秋じゃいけないんでございましょうか？

この特集が夏冬にあるばっかりに、酔狂で始めたこの企画でワタクシは、酷暑か極《ごっ》寒《かん》の折ばかりを選んで江戸市中を歩き回らねばならないじゃありませんか！

なぁんていう涙の訴えはまあほどほどにしておきまして、「平成お徒歩《かち》日記」第二回目のお目見えであります。前回、ほとんど冗談半分に始まった本企画でありますが、フタを開けてみたらとても楽しかったし、あちらこちらで「読んでるよ」というお声も頂戴《ちょうだい》し、①某週刊誌上の時評にも取り上げていただいたりして、もったいないほど、なかなかの好評。調子に乗って、ミヤベ、にこにこ顔で再度運動靴に足元を固め、リュックサックを背負うこととあいなりましてございます。

1 真冬の引廻し

さて、第二回目はどこを歩こうか？ わたしと担当のニコライ江木氏とで、コース選択に頭を悩ませ始めたのは、昨年十一月末ごろのことでした。

「前回は、言ってみれば『武家もの』でしたよね。今回は、町場《まちば》の暮らしにも関わる道筋というのを選びたいところですが……」と、ニコライ江木氏はおっしゃる。

「年明けに載せてもらうことになりますから、どこかに初詣《はつもうで》に行きましょうか。川崎のお大師さまとか」と、企画の段階では大きなことを申し上げるミヤベ。

「それならいっそ、大山《おおやま》参りなどは？」と、話に輪をかけるニコライ江木氏。

「だけど、それだとお正月がつぶれちゃう」

「そうですねえ。目出たいコース取りではあるんですが」

「目出たいということなら、この企画自体がそもそもオメデタイんだから、もう充分ですってば」

喫茶店でコーヒーなど飲みつつ、わたしたちが気楽に案を練ることのできた、理由はただひとつ。この冬が[2]記録破りの暖冬であるからでした。

「もともと、歩くには、真夏よりは真冬の方が楽ですよね。そこへもってきて、このバカ陽気ですから、今回は楽勝ですよ」

「少し長い道筋でもいいかもね！」

能天気にはしゃぐ我々に、しかし天は無情であったという件はのちほどご説明することとして、このときわたしの頭に、ふと魔のようなものがかすめました。

「逆に、うんと不吉なコース取りをしてみるというのも、一興かもしれませんぞ」

「不吉というと？」

「ほら、例の引廻し」

前回の「真夏の忠臣蔵」のあと、次はどこにしようかと、いくつか腹案《ふくあん》を出しておいたのですが、そのなかで、いちばんウケがよろしかったのが「市中引廻し」コース。わたしはそれを思い出したのでした。

「『市中引廻しの上、獄門』っていう台詞《せりふ》は、テレビの時代劇とかでもお馴染《なじ》みでしょ？　でも、あの正確なコースっていうのは、案外知られてないんじゃないでしょうかね。目出たい新年に、あえてそういうところを歩いてみるというのも面白いかも」

「そうですねえ……」

ニコライ江木氏も乗り気になりました。

「そうすると、出発点はやはり伝馬町《てんまちょう》の牢屋《ろうや》敷《しき》。ゴール先は二ヵ所になりますね。刑場の、小塚原《こづかっぱら》と鈴《すず》ヶ《が》森《もり》」

「そうそう。それも、何か理由があってどちらかに振り分けられるのか、それともそのときの都合で適当に決められるのか……」

「そういえば、知らないですよね」

というわけで、第二回目は市中引廻しコースで、決行日は十二月十六日と決定。喫茶店を出てみると、外は快晴、ぽかぽかと暖かい。いやホント、今回は楽ですよー、などと言いつつ、あくまでも明るく準備にかかったわたしたちなのでした。

ところが。

本企画には、「ところが」が多い。しかも、ひとつひとつの「ところが」が、みんな致命的であるというところに特色があります。

ニコライ江木氏から、妙にうち沈んだ声で電話がかかってきたのは、打ち合わせから数日後のことでした。

「ちょっと下調べしてみたんですが……」

「わ、ありがとう。どうです？」

　このときミヤベは、いわゆる年末進行というもので〆切《しめきり》が繰り上がり、大鉢巻きで他社の原稿を書いていたものですから、まだ市中引廻しの実態については何も調べてなかったのです。したがって、非常に呑気《のんき》な声を出しておりました。

「それがですね、引廻しにも二種類ありまして――」

　ひとつは、「江戸中引廻」。これは、牢屋敷から出て牢屋敷に戻るというコース。当然、処刑も牢屋敷のなかで行なわれることになります。道順は、

「牢屋敷裏門より小伝馬町、小舟《こぶな》町、荒和布橋《あらめばし》、江戸橋を渡り、元四日市町《もとよっかいちまち》、本材木《ほんざいもく》町一丁目、海賊橋を渡り、坂本町河岸通《かしどおり》、八丁堀《はっちょうぼり》、北紺屋町、岡崎町、松屋橋を渡り、因幡町《いなばちょう》通、南伝馬町、京橋を渡り、芝車《しばくるま》町まで、それより引き返し、同所通新町《とおりしんまち》、同所三田赤羽橋を渡り、森本町、飯倉《いいくら》町、溜池端《ためいけばた》通、赤坂田町、四谷《よつや》御門外、市ヶ谷御門外、御堀端通、左へ牛込御箪笥町《おたんすまち》、同所通寺町《とおりてらまち》、それより牛込御門外、小石川御門外、御堀端通、水戸殿屋敷脇《わき》より右へ壱岐坂《いきざか》を上り、本郷御弓町、同所春木町、湯島《ゆしま》切通町《きりどおしまち》、上野山下より下谷《したや》広徳寺前通、浅草寺《せんそうじ》雷門前、浅草今戸《あさくさいまど》町、それより引き返し、御蔵前、浅草御門、馬喰《ばくろう》町、牢屋敷裏門まで」

　現存している地名も多いのですぐに見当がつきますが、これは「江戸中」の言葉ど

おり、当時の江戸城のぐるり。現在の都心のなかでは、かなり小さい円を描いて回るコースなのですね。

「これだと街中ばっかりだし、刑場が入らないのでツマラナイ」と、依然として気楽なミヤベは申しました。こういう機会がないと、小塚原や鈴ヶ森など訪れるチャンスがないので、ぜひ行ってみたかったし……。

「そうでしょう？」と、ニコライ江木氏。「で、もうひとつあるんです」

もうひとつのコースが、「五ヵ所引廻」。これは、牢屋敷を出たら、日本橋、赤坂御門、四谷御門、筋違橋《すじかいばし》および両国橋という五つのポイントを通りながら、お仕置き場つまり刑場である小塚原や鈴ヶ森に到《いた》るという道順です。五つのポイントには、「捨《す》て札《ふだ》」という、罪人の氏名、年齢、罪状を書き記した札が立ててあります。このあたり、オリエンテーリングみたいですね。

「やっぱり、そっちでしょう。五ヵ所引廻でいきましょうよ」と、ミヤベ。

「たしかにそっちの方がいいと思うんですけど、でもこれだと、合計何キロになると思います？　二十キロですよ」

にじゅっきろ。

目が点になりました。

「そんなに長いのですか！」

引廻しコースの企画を立てたとき、わたしの（そしておそらくは担当ニコライ江木氏の）頭のなかには、「そうゆうコースが、それほど長いわけはなかろう」と、たかをくくった考えがありました。引廻しはそれ自体が目的なのではなくて、刑場までの移動のあいだを利用して、道中で行き会う人たちの前に罪人をさらすことができればいい——という程度のものだろうと思いこんでいたのです。

でも、実態は違いました。「引廻」は、引廻すことそのものに目的があったのです。ひとつには、「ほれ、罪人はこのようにちゃんと捕らえたぞ、安心せい」と知らせるため。もうひとつには、「悪いことをすると、このような目に遭うのだぞ」と警告するため。

「一日がかりの処刑ですね」と、ニコライ江木氏。

「えどのひとびとはけっこうねんちゃくしつだったのでありますね」と、オドロキのあまり漢字も忘れてお子さんに戻ってしまったミヤベ。「わたしいきたくないです」

「そうはいきません！」と、にわかにテキになるニコライ江木氏。「でもまあ、都心ばかり歩いてもつまらないですからね。今回の目玉はあくまでも刑場。道中は、適宜《てきぎ》早駕籠《はやかご》を使うことにしましょう。陽も短いですからね」

ニコライ江木氏のお言葉に、ホッと安心。あとでツラツラ考えたのですが、徳川幕府が治めていた当時の我が国は、いわば軍政国家、警察国家であったわけです。そういう政治体制の下では、刑罰は重くしつこく、広く公開されるものであるというのが原則。一種の恐怖政治ですからね。引廻しが長時間を要するものであるのは、あったりまえだったのです。

でもまあ、暖冬だからいいや……とわが身を慰めつつ、その日の到来を待つミヤベなのでありました。

2 毒婦みゆき、小伝馬町《こでんまちょう》を出発

さて、当日十二月十六日。

起きてみたら、めちゃめちゃ寒い。北風吹きまくり。天気予報を見れば、本日の気温は平年より三、四度低いとのお達し。

暖冬はどこへ行ったんだぁ！

泣きながらセーターを着込み、途中でコンビニに寄ってホカロンを買い込み、営団地下鉄日比谷《ひびや》線小伝馬町駅のホームにて、ニコライ江木氏とカメラマンのマック田村氏とおち合いました。ホカロンの分だけ、ミヤベ、遅刻。

今回はこの三人にての道中です。三人とも厚いコートに運動靴にリュックといういでたちは同じですが、帽子をかぶっていたのはわたしだけ。夏じゃないから――と二氏はおっしゃいましたが、帽子は防寒具にもなるんですよ。もっとも、ニコライ江木氏は前回、日除《ひよ》けの帽子をかぶって自宅を出ようとした際、細君に「それだとヘンシツシャみたいに見えるからやめてください」と止められたというエピソードの持ち主であります。

小伝馬町駅の階段をあがって、すぐに左手に折れます。と、ビルに囲まれたなかに、見えるのは小さな公園。その名も「十思《じっし》公園」。柵《さく》の内側に「伝馬町牢屋敷跡」と書いた看板が掲げられています。現在の小伝馬町駅周辺は、立派なビジネス街。道路は広く、午前中から忙《せわ》し気に車が行き交っています。十思公園となっているのは、当時の牢屋敷のほんの一部で、あとはこのあたり一帯のビルの下になってしまっているわけですが、雰囲気としては明るく、「史跡」という角張った雰囲気もありません。

この地に牢屋敷が建てられたのは、慶長十一年（一六〇六年）のことであります。家康《いえやす》が征夷《せいい》大将軍になったのが一六〇三年、江戸城が修築されたのが一六〇六年。多少のずれはあるにしろ、江戸開幕《かいばく》して早々に、牢屋もつくられたと考えてよいでしょう。牢屋敷ができるまでは、常盤橋《ときわばし》のあたりに、囚人を集め預けておく屋敷があったらしい。

さて、当時でもこの伝馬町は町中でした。『続・時代考証事典』によりますと、牢屋敷内の囚人たちの声が聞こえる範囲内では、地代や店賃《たなちん》が安かったそうで、やはり気味が悪かったのでしょう。

わたしは、伝馬町の牢は、現在でいうところの「拘置所」と「刑務所」を兼ねたものだと思っていたのですが、これはとんだ誤解でした。牢屋敷は、未決勾留《こうりゅう》者を留置する拘置所的な役割をするものであって、断じて刑務所ではありません。当時は、今の「懲役刑」という概念はなかったからです。永牢《ながろう》、過怠《かたい》牢という今の「禁固刑」に当たるものもありましたが、これは例外。「刑罰」とは、あくまでも、追放とか、遠島《えんとう》とか、入墨《いれずみ》とか、磔《はりつけ》、獄門などであります。ですから、牢屋敷につながれている囚人は、まだ吟味中であるか、吟味が終わり刑の言い渡しを待っているか、刑の言い渡しも終わりその執行を待っているかの、いずれかの立場にありました。

ただ、牢屋敷内には処刑場もあり、ズバリ「切り場」と呼ばれていたそうです。先述した「江戸中引廻」のあと死罪にされる罪人は、この切り場で斬《き》られたわけですね。

近所の人たちが気味悪く思うのも当然であります。

さらに、いよいよ我々が乗り出そうとする「引廻」でありますが、これは付加刑――つまり、本当の刑罰にくっつけられている刑罰であって、これだけが単独で行なわれるということはありませんでした。付加刑がつけられるのは、原則として「死罪」（打ち首、斬首《ざんしゅ》）以上の刑を受けた場合です。

付加刑には、他に、

「鋸引き《のこぎりび》」道に穴を掘って罪人を埋めておき、通行人に鋸でその首を引かせる（引いた人がいるんでしょうね、凄《すご》い話だけど）。

「晒《さらし》」心中未遂の男女、女犯《にょぼん》の所化僧《しょけ》などが、橋の上など通行人の多いところに引き据えられ、脇に例の捨札を立てられて、文字どおり衆人の目にさらされる（現代ではこれを、テレビのワイドショーが出張していってやってるわけです）。

「闕所《けっしょ》」財産を取り上げる（これなんか、現代でも、場合によってはいちばん効き目がありそうですな）。

などがありました。

なお、死罪以上の刑とは次のものです。

「磔」十字に組んだ材木に罪人を張り付け、槍《やり》で突く。

「火罪」同じように張り付けた罪人を焼き殺す。いわゆる「火あぶり」ですね。放火をすると、この刑を受ける。

「獄門」斬った首を刑場でさらす。獄門首が獄門台の上でカッと目を開く――なんていうのは、怪談映画によくありますね。

「ところで、ミヤベさんはどんな悪いことをしたんです?」

小伝馬町を出発しようとしたとき、マック田村氏がわたしに訊《き》きました。

「これから引廻しになるわけでしょう? 罪状は何にしましょうか」

おっとっと。しかし、そうですね。

「毒婦みゆきっちゅうわけですね?」

いきなり盛り上がる我ら三人。

「毒婦かぁ! 懐《なつ》かしい言葉ですね。死語ですね」

「高橋お伝!」③

「何をやりましょうかね、ワタシ。殺し? 盗み?」

テレビの遠山の金さんなどを見ていると、刑の多寡《たか》は御奉行様のさじ加減でどうにでもなるような錯覚を覚えがちですが、これもとんでもない誤解で、江戸時代、犯した罪と科せられる刑とのあいだには、ちゃんとした決まり事がありました。たとえば、死罪で引廻しにされるため（？）には、

・物を盗む盗まぬは別として、通算で五度以上、他人の家や土蔵に侵入
・放火未遂
・偽薬《にせ》を売る
・辻斬《つじぎ》りをする
・飛脚が書状を途中で開封したり、金子《きんす》の封印を破る――等々。
引廻しで獄門となると、
・金子を受け取って貰《もら》い子して捨てる
・主人の妻と密通
・人を殺して物を盗む
・毒薬を売る
・偽秤《にせばかり》をつくる
・舅《しゅうと》、伯父、伯母、兄姉を殺す（姑《しゅうとめ》や弟妹ならいいのかな？　これ、極端な尊属殺

人罪ですね）
・支配人、請人《うけにん》（身元引受人）、名主を殺す——等々。
引廻して磔となると、
・夫を殺した姦婦《かんぷ》（言葉からして凄い）
・偽金銀をつくる
・主人を傷つける（傷害でも死刑というのがオソロシイ）——等々。
どれもあんまり気乗りしないなあ——と思うミヤベ。しかし、毒婦みゆきと呼ばれるからは、偽秤をつくったくらいじゃ駄目でしょう。

「やっぱ、夫殺しかなあ。味噌汁《みそしる》に石見《いわみ》銀山ねずみ取りを盛ったりして」

「姦夫《かんぷ》と通じて夫殺し！　いいですねえ！」と、盛り上がりまくるニコライ江木氏とマック田村氏。

つかまっちゃうところがドジだよな、と、一応推理作家としての不満もありますが、まあいいや。ワタクシ、夫を殺しました。姦夫はどうしたかって？　逃げちゃいましたの。

こうして、夫殺しの毒婦みゆきは、お仕置き場へ向かうことにあいなりました。

3　道中のあれこれ

わたしたち、まずは新橋方向へと足を向けました。

「ところで、馬はどこ？」と、ミヤベの逆襲。「引廻しの罪人は、裸馬《はだかうま》に前後逆さまに乗せられてるでしょう」

歩かずにラクしようと思ったのですが、無視されてしまいました。でも、ここでまたひとつ面白いことが。

「今、逆さまに乗せられてるって言ったけど、当時の絵を見ると、みんなちゃんと前を向いて馬に乗せられてるのよね。映画とかドラマだと、逆さまだけど。どちらが本当なんでしょ」

江戸期の引廻しの様子や、磔や火罪の場合の罪人の縛り方、磔刑《たっけい》場の人の配置などを描いた絵図はいろいろ残されています。それを見るかぎり、罪人はみんな前向きに馬に乗ってる。その前を、槍を掲げた役人が歩いてゆくのです。

見せしめのための「引廻」は、古く平安時代から始まっています。当時はこれを、「大路《おおじ》を渡す」と称していたとか。このころ、都（京都ですね）から流罪《るざい》と決まった者については、流刑地に送る際に、その者の家から都のはずれまで、馬あるいは輿《こし》（身分のある人の場合）に後ろ向きに乗せた――という記述が、平凡社の大百科事典の中に出てきます。さきほどの決まり事に従えば、江戸期には、「引廻の上、遠島」ということはないはずですから、後ろ向きというのも、なかったのかもしれない。

それともうひとつ、前述した「小塚原と鈴ヶ森を、どういう根拠で振り分けるのか」という疑問点。これも、ニコライ江木氏とわたしが調べた限りでは、今ひとつはっきりしないのです。漠然と、江戸の西側で罪を犯した者は鈴ヶ森、東側だと小塚原という区別かなと思ったのですが、これだと、例外もいっぱいあります。④このあたり、詳しい方がおられましたら、ぜひご教示くださいませ。

さて、わたしたちは、クリスマス・シーズンを迎えてわきたつ街中を、場違いなピクニックみたいな格好で歩いていたわけですが、当時の引廻しご一行のいでたちは、どんなものだったのでしょうか。ものの本によると、

「南北町奉行所から各一人、与力《よりき》二騎、同心《どうしん》各二人が出役し、罪人には縄をかけて馬に乗せる。前後を二十人余が抜身の槍、捕具などを持って固め、先頭に罪状を書いた

紙の幟《のぼり》と木の捨札を掲げて行進」とあります。

「この、幟には面白いエピソードがあるんです」

銀座の町を歩きながら、ニコライ江木氏が言いました。

「雇われ人が主人を傷つけただけでも、引廻しの上、磔でしょう？　主人の方に非があった場合は、可哀想《かわいそう》ですよね」

「うん。そういう場合には、情状酌量《しゃくりょう》とかなかったんでしょうか」

「ないんです。ただし、この場合、傷つけられた主人は、処刑が終わったあと、加害者である雇い人の犯した罪状を書いたこの紙の幟を、おかみから下げ渡されることになってたそうなんですよ。しかも、もらったら捨てちゃいけない。ちゃんと保管しておかないとまずいんです。『幟しらべ』といって、おかみが、保管してあるかどうか検査しに来たんですね」

これはまたオドロキ。ねちこい刑罰ですねえ。

「今で言う『監督不行届《ふゆきとどき》』の罪を、主人の側も負わなければならないシステムになってたわけだ。幟ひとつが、ワンペナルティ」

「そう、そう。嫌だったでしょうねえ、幟をもらうの。けど、断われないから」

「恨みの幟」とかいう短編が書けそうなお話であります。

そのほかにも、引廻しについては興味深い話がたくさんあります。たとえば、ほとんど一日がかりのこの道中のあいだ、罪人だってお手洗いに行きたくなったり、喉《のど》が渇いたり、お腹《なか》がへったりしたことでしょう。そのあたりはどうだったのか。

「適宜、休憩はとっていたようですね。それに、死出《しで》の旅路ということで、罪人が望めば、たいていのことはかなえてもらえたらしいです」

あれが食べたい、これが飲みたいとねだっても、「馬鹿者《ばかもの》！」と一蹴《いっしゅう》されるわけではなかったわけです。

トンデモナイ話としては、こんなのもあります。引廻しの道中、路上の見物人のなかに、乳飲《ちの》み子を抱いた若い母親がいました。彼女が赤子に乳をやっているのを見て、罪人が、「あの乳が飲みたい」と所望《しょもう》（なんちゅうヤツだ！）。すると役人はどうしたか？

若い母親に命じて、飲ませてやったそうです。いい迷惑ですね！！

でも、同時にこの話、当時の人びとにとって、「引廻」がある種のイベントであり、けっこう面白がって観《み》るべきものであったということも伝えています。そうでなきゃ、赤子を抱いて観てるわけがない。

「江戸中引廻しでも、けっこう融通《ゆうずう》がきくもので、たとえば被害者の住んでいた町へ寄って、遺族に間近で罪人を見せたりもしたそうです」

そうすると毒婦みゆきなどは、夫の親兄弟に「この鬼女め！」とかののしられつつ、引かれて行くことになるわけですな。

五ヵ所引廻しコースは、先ほども書きましたが、お堀端をぐるりと回り、主要な御門の前に立てられた捨札を通過してゆく道順です。わたしたちの徒歩旅行も、街中ばっかりで変化がない。クリスマスに浮かれるデパート街や、歳末に忙しがってるビジネスマンが行き来する道を歩いてゆくと、気恥ずかしいような感じもします。しかも、話題がコレでしょ。

「引かれ者の小唄《こうた》ってのは、ホントにあったんでしょうかね？」

「昔から、強がりのヒトはいたでしょうからね」

「さっきから出版社のそばを通るよね」

都心には、大手出版社がたくさんあります。中央公論社のそばも、集英社のそばも、文藝春秋のそばも通過しました。

「わたし思ったんだけど、一年のうちに、大手五社の雑誌でひとつずつ原稿オトしちゃったら、その作家を五ヵ所引廻しにするとか、ないかしら。担当者が槍持って先導して、編集者がみんな出てきてケンブツするの」

「それで半蔵門で晒にする」

「そうそう」

なんてことを言うと、墓穴《ぼけつ》掘りませんか」

なんてことを言ってるうちに午後も三時をすぎてしまい、みかん色の日差しがぐっと斜めになってきました。急がないと、鈴ヶ森や小塚原で写真を撮ることができなくなってしまいます。

で、お仕置き場まで、掟破《おきてやぶ》りの早駕籠に乗り、ぴゅうっとひとっ飛び！

4　刑場怖いか悲しいか

鈴ヶ森の刑場跡は、広い道路のなかに柵で囲まれた小さな緑地帯になっており、「史跡鈴ヶ森刑場跡」という立派な塔が建てられていました。視界の開けているところでもあり、まだ夕日が明るく輝いている時間帯でもあり、恐怖心は感じません。

「寒いよー」というだけ。

ここまで連れてきてくれた運転手さんが、非常によく道を知っていて、迷ったり探したりすることがなかったので、訊いてみました。

「以前にも、来たことありますか？」

「ありますよ」

「こういうところを観にくるヒトって、いるんですか？」

「けっこう、いますよ」というお返事。「歴史の好きな人には、やっぱりそれなりにポイントになる場所じゃないですか」

　史跡の場所は品川、第一京浜沿いの広いところです。道々、早駕籠の窓からは、大きな倉庫や企業のビルばかりが見えました。刑場があった場所というイメージがありません。処刑場をつくっても良いと思える当時の江戸の町外れと、現在の東京の範囲とがまったく違っていることが、端的に現われています。

　それでも、柵で仕切られた内側は、こちらの気のせいもあってかやや暗く、当時のものがそのまま残されているという「首洗いの井戸」（水はわいてません）や、罪人たちの菩提《ぼだい》を弔《とむら》うために安置されているお地蔵さまのお顔なども険しく感じられました。が、笑ったのは、この柵の脇《わき》に売店があったこと。ここでお茶飲むヒトが、いるんですね。観光地だ。

　でもね、この売店のすぐ右隣には、ここが史跡である所以《ゆえん》の、⑤八百屋お七を火罪にしたときも使われたという礎石と、同じく磔台を立てるときの礎石とが、ふたつ並べて安置してあるんですよ。

火あぶりのための材木を立てる礎石は丸く、磔のためのそれは真四角で、それぞれ、開けられている穴の形も、石の形に対応していました。磔用の礎石の方が、火あぶり用よりもひとまわりぐらい大きいようです。

ふたつの礎石の真ん中には花が飾られ、わたしたちもそこで拝んだのですが、ふと目をあげると、お七の死んだ礎石の上におおいかぶさるようにして、夏ミカンの木が生えていて、たわわな実が木枯らしに揺れています。

「さすがに、これをもいでゆく人はいないんでしょうね」

史跡として整えられているのに、かえって、印象の明るくなっている鈴ヶ森。道路の反対側には十四階建てのマンションがあり、西日を受けて、ベランダの洗濯物がひらひらしています。

柵の手前には、この史跡を整え、刑場跡を守り、昔ここで露と消えた人たちの菩提を弔うお寺さんを建てるため、寄進をした人びとの名前を列記した札が立てられています。その数の多さを見れば、この地の方々が刑場跡の歴史を悼《いた》み、敬意をもって接していることはよくわかりましたが、陰惨なイメージなど、探しても見つけることは

「お若えの、お待ちなせえやし」。歌舞伎ファンなら、『鈴ヶ森』の幡随院長兵衛と白井権八の出会いの場の、この台詞を思い出すはず。しかし、現在の鈴ヶ森には、いなせな名場面を偲ばせるものは、あまりなかった。残念。

できませんでした。

ところが、ね。

身を転じ、夕日と追いかけっこをしながら駆けつけた小塚原はどうだったか？

これがもう、震えあがるほど怖かった！

南千住駅《みなみせんじゅ》のすぐ近く。大きな歩道橋の陰に隠れるようにして、昔の小塚原刑場跡は残されています。むろん、鈴ヶ森と同じく、これはかつての刑場のほんの一部。大部分は、町場のビルや家や道路の下になってしまっています。

道路に面して大きな鉄の門。ギシリと開けてなかに踏み込みます。西の空に一筋の陽光の残滓《ざんし》。しかし、周囲は真っ暗。ようやく慣れてきた目に、やがて、視界をふさぐようにしてそびえる大きな仏像が見えてきます。これが通称「首斬り地蔵」さま。小塚原で死んだ罪人たちを守る仏さまであります。

この大きなお地蔵さまは、地上二階ぐらいの高さのところにどんと座っておられまして、周囲を石塔が囲んでいます。お地蔵さまの足元まで、石段をあがってゆくと、どきり！　首斬り地蔵さまの背後には、真っ暗な墓場が広がっているのでした。

この墓地は、隣接するお寺さんの墓所。つまり、現在現役のお墓です。余所《よそ》さまのお墓をやたら怖がるのは失礼千万《せんばん》のお話ですが、不肖ミヤベ、やはりこの石段のてっぺんにのぼったときには、二の腕に鳥肌が立ちました。

しかもこの境内には、供養《くよう》のためにでしょうか、供えられたたくさんの風鈴が、夜風に吹かれてちりちりりんりんと鳴りさざめいているのです。同じ場所に、隣接するお寺の経営するペット用墓地もあり、なんというかもう、魂の底がちりちりするような恐ろしさ。

と、暗がりのなかでわさわさしていたわたしたちの顔が、轟音《ごうおん》とともに、ぱあっと明るくなりました。何だ？　と色めきたちつつ振り向くと、墓地の向こう側を、常磐《じょうばん》線の電車が通り過ぎてゆくのです。惚《ほう》けたようにそれを見送ると、今度は反対側から営団地下鉄日比谷線の電車が走ってくる。そう、この墓所と首斬り地蔵さまは、ふたつの線路にはさまれ、高架に見おろされて存在しているのでありました。

境内には、小塚原刑場の歴史をしるした石碑もあったのですが、暗いのでほとんど読めず。ただ、折から電車の通過の多い時間帯で、ごうっとくるたび、その明かりで二、三行ずつ読んでゆくことならできるかな、という感じです。そのなかの一文によると、昔、亡骸《なきがら》を埋める際、穴を深く掘らなかったので、野犬がやってきて死体を掘り返し、食い荒らすことも多かったとのことです。

鈴ヶ森と比べて、小塚原はどうしてこんなに怖いのだろう……。

あまりにも多くの家やビルの立て込んだ街中に、ここだけぽかんと、異空間のように開けているからではないか、と思いました。境内から一歩外に出れば、すぐに居酒屋があり、明かりの輝く商店街がある。駅前を人が行き交う。これは、鈴ヶ森と大きく違います。生者と死者のギャップがまがまがしく感じられる分、小塚原の刑場跡は、まだ史跡になりきらず、現在《いま》を息づいたまま歴史を背負って残されているという気がするのです。

もっとも、南千住の有名な鰻《うなぎ》の老舗《しにせ》「尾花《おばな》」で美味《おい》しい夕食をとったあと（鰻も茶碗蒸《ちゃわんむ》しも絶品）、あとから合流した編集長の発案で、「とっぷりと夜になってからもう一度行ってみましょう」ということになり、及び腰に再び鉄門を開けてみたときには、

「あれ？」

夕刻訪れたときほど怖く感じなかったのでした。なんでかな？

「やっぱり、さっきは黄昏時《たそがれどき》だったから……」

「逢魔《おうま》ガ時《とき》とはよく言ったもんですね」

見あげる首斬り地蔵さまのお顔も、どことなし苦笑しておられるような。

考えてみれば、罪人となり、死刑になる人びと――とりわけ深い業《ごう》を背負った人びとの魂を救う仏様が、ここにはおられるのです。それだけ強い仏様が番をしておられ

ぶるぶる。小塚原は首斬り地蔵さまの前で。

るわけです。怖がることなど、ホント、非礼でこそあれ、根拠のない話なのかもしれません。

（それに、死んだヒトはみんな、ホトケさまになっちゃってるんだものね。もう悪いことなんかできないんだから）

生きてる人間の方がよっぽど怖いよ、ほらごらんよ、あそこも、あそこも――小塚原刑場の跡には、そういう囁《ささや》きが、ひそやかな苦笑が満ちているようにも思えます。

今回は場所が場所だからと、家を出るとき、ミヤベは一応、お清めの塩をリュックに入れてきました。鉄門を出たところで、一同にそれを振りかけて、夜空に一礼。駅に向かうわたしたちを、闇《やみ》のなかの首斬り地蔵さまが見送っていました。

お徒歩日記の第二回、インパクトの強いお散歩ではありました。でも、行ってみてよかった。第三回は、また真夏です。今度は少し江戸を離れてみようかという企画も出てきております。つまりは遠出ですよ、遠出。

おお我らの健脚、いつまで保《も》つことか？　ミヤベの命運や如何《いか》に？

※　参考文献
『図説　江戸町奉行所事典』笹間良彦（柏書房）
『拷問刑罰史』名和弓雄（雄山閣）
『江戸の刑罰』石井良助（中公新書）
『江戸学事典』西山松之助ほか編（弘文堂）
『続・時代考証事典』稲垣史生（新人物往来社）
『復元・江戸情報地図』吉原健一郎ほか編（朝日新聞社）

注釈講釈後日談

其ノ弐

①**某週刊誌**【ぼう・しゅうかんし】「サンデー毎日」平成六年九月十八日号に掲載。

②**記録破りの暖冬**【きろく・やぶり・の・だんとう】記録は破られるためにある、と申しますが、平成六年は夏といい、暮れといい、天変地異の相次ぐ年でありました。

③**高橋お伝**【たかはし・おでん】幕末から明治初期に実在した〝毒婦〟。最初の夫が病に倒れると毒殺し、上京。身を売って生計を立てつつ、情夫を囲い、不義理の借金を重ね、カネ目当てで古着商を浅草蔵前の宿屋へ連れ込み、殺害。数日後、情夫といるところを御用となり、二年後、斬首の刑となる。彼女をモデルにした、仮名垣魯文の戯《げ》作《さく》『高橋《たかはし》阿《お》伝《でん》夜叉《やしゃ》譚《ものがたり》』は明治初期のベストセラー。

④**小塚原と鈴ヶ森**【こづかっぱら・と・すずがもり】これはやはり罪人の犯行場所がどこだったか、また江戸出生の者は、日本橋を境に日本橋よりも南側のヒトは鈴ヶ森、北側は小塚原ということによって振り分けられていたようです。ただし、幕末の実録によれば、小塚原の方が使用頻度が高かったということも。

⑤**八百屋お七**【やおや・おしち】浄瑠璃や歌舞伎などに何度も取り上げられたヒロイン。巷説では、一六八二年暮れの大火のとき、お寺に避難し、そこで出会った小姓と恋に落ちる。火事になれば、あの小姓にまた会

える、とならず者にそそのかされ、再会したい一心で付け火し、火あぶりの刑に処せられた。

其ノ参
関所破りで七曲り

平成七年七月十七、十八日

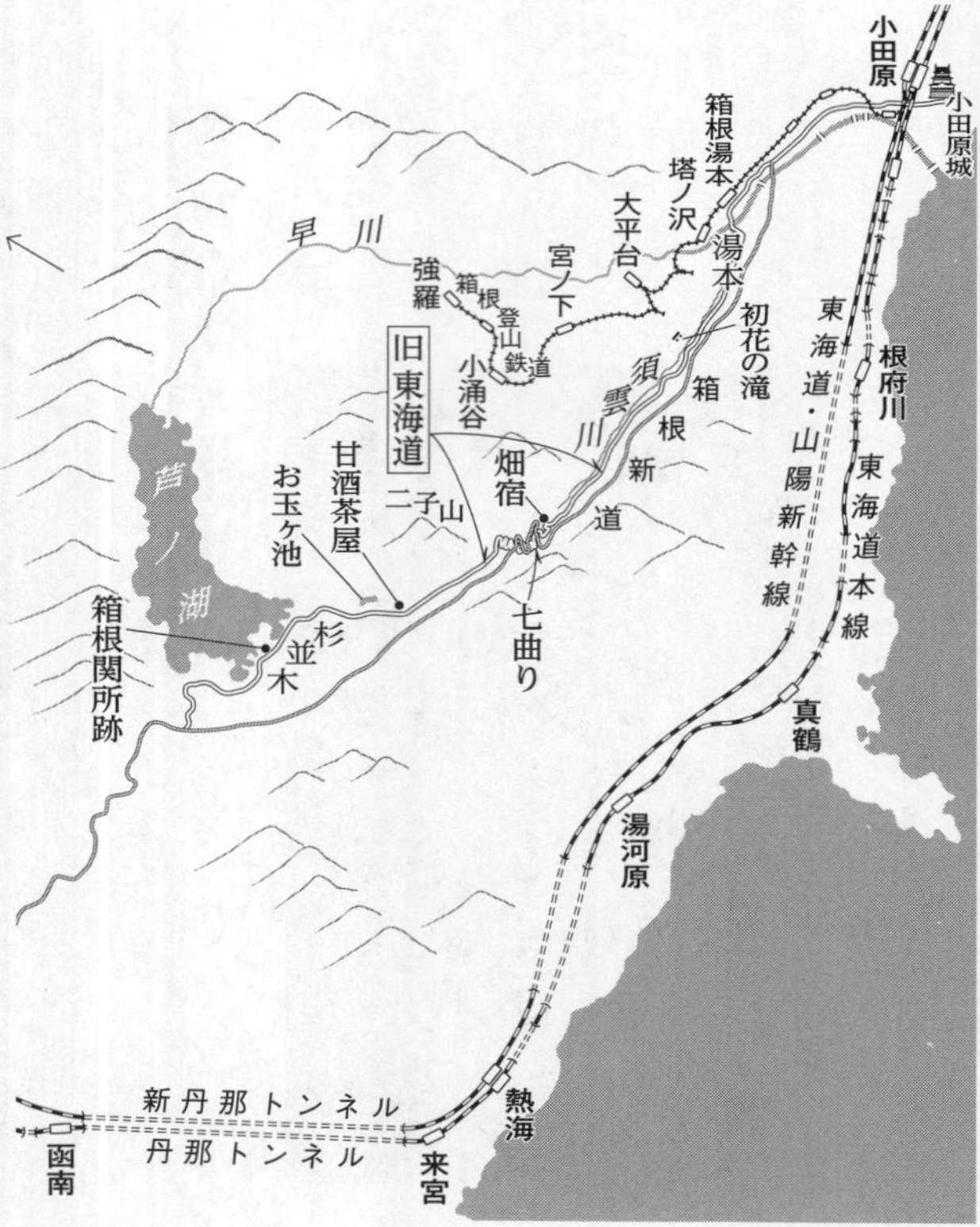

小田原
小田原城
箱根湯本
塔ノ沢
大平台
宮ノ下
強羅
箱根登山鉄道
小涌谷
早川
富士山
湯本
初花の滝
須雲川
箱根新道
旧東海道
甘酒茶屋
お玉ケ池
二子山
畑宿
七曲り
芦ノ湖
箱根関所跡
杉並木
東海道・山陽新幹線
東海道本線
根府川
真鶴
湯河原
熱海
来宮
新丹那トンネル
丹那トンネル
函南
0 1 2 3 4 5 km

　さて、三度《みたび》やってまいりました平成お徒歩日記《かち》であります。

「ところで、そろそろなんですよね、例の企画……」

　と、担当者ニコライ江木氏が陰鬱《いんうつ》な口調で切り出せば、

「そうなんですよね……」

　と、応じてうなだれるミヤベ。場所はミヤベ仕事場近くの某喫茶店——という風景が見られましたのが平成七年の四月。言い出しっぺで引くに引けなくなった哀れな作家とそれに引きずり回される編集者という見るも哀れな組み合わせの図でございましたが、この夏は、去年のあのいっそ凶暴と評してしまいたかったほどの猛暑ではなさそうだということのみが唯一《ゆいいつ》の救い。

「で、どこに行きましょうか」

「今回は、ちょこっと江戸を離れてみるというのも一興かも」

これは昨年、真夏の都会のアスファルトの照り返しほど過酷なものはないということを学習したミヤベの提案。あとね、林立するビルの外壁からの照り返しもバカにならないんですよ。

「そうですね。うちの編集部の高梨から、旧東海道の松並木が残っているような場所を選んで、当時の旅の一日分の行程を歩いてみるのはどうかという提案があるんですよ」

「あ、それ面白い」

「それと編集長からは、新撰組《しんせんぐみ》の足跡を追うというのはどうかと」

「……歩くのはいいけど、自慢じゃないけどわたし、幕末のことは全然わからない」

「だから、これを機会に勉強するわけですよ」

おっしゃるとおり。この企画には、歴史に無知なミヤベに学習の機会を与えるという目的もあるのです（というか、そっちの方がメインだったんだ！）。

しかし読者の皆さま。このときミヤベとニコライ江木氏それぞれの胸中には、

（今回ぐらいはラクしたい……）

というフラチな夢が渦巻いておりまして、その一点だけは言わず語らず以心伝心。

故《ゆえ》に、

（どこへ行けばラクができるか？）

ということばかりに心がさまよい、はっきり言って目はウツロ。全然熱が入りません。それでもまあ、新撰組はちょっといいかな近そうだし――などとミヤベが考えておりますと、ニコライ江木氏がにわかに編集者的目つきになりつつ、ふと呟《つぶや》きました。

「前回の、毒婦みゆきというのはウケましたねえ」

「これからどなたかが『新・悪人列伝』を書いたら、確実に載せてもらえるというくらいだったよね」

「毒婦シリーズというのはどうですかね？」

「だけど、わたしあれで磔《はりつけ》になっちゃったんじゃない？」

「ですからそれですよ」と、ニコライ江木氏。「磔の寸前に助け出されて逃亡したというわけ」

なんと、西部劇のようではないか。

「逃げ出して、江戸を出奔《しゅっぽん》？」

「そうです。その場合、どこへ行きますかね？」

二秒ほど、ミヤベ沈黙。ニコライ江木氏にんまり。ややあって、同時に言うことには――

「そりゃやっぱり、箱根だよね！」

という次第で、毒婦みゆきの第二章、箱根関所破りで逃亡の巻ということに決定したのであります。おお、温泉が我らを呼んでいる！

1 まずは小田原、北条氏

今度のお徒歩は箱根行きだよ——と、ミヤベが大沢オフィスの河野嬢に報告しますと、彼女曰《いわ》く、

「ああ、箱根ならいいですねえ。ロマンスカーでさっと行けるし」

「……」

「違うんですか？」

「新幹線で行くの」

「新幹線て、箱根には停まりませんよ」

「小田原で降りて、あと歩くの」

河野嬢は大沢オフィスの扇の要《かなめ》であり、ちょっとやそっとのことではビックリしな

いヒトなのですが、このときは絶句しました。そういえば彼女はヘヴィ・メタルをこよなく愛するアイアンハートの女性なのです。

重金属コウノ嬢、呆《あき》れ果ててやっとひと言。

「――行ってらっしゃいませ」

という具合に、お徒歩隊がまず降り立ったのは小田原駅。七月十七日月曜日、午前十一時ごろのことでありました。なお、今回の編成には、ミヤベとニコライ江木氏、カメラマンのマック田村氏といういつものメンバーに加えて、ミヤベの文庫担当者阿部さんが参加してくれました。阿部さんは懐《なつ》かしの「ひょっこりひょうたん島」のハカセそっくりの風貌《ふうぼう》。故にハカセ阿部と命名。ホントにあのまんまのハカセが道を歩いてるみたいなんですよ。担当者になったばかりのころ、このヒトの後ろには絶対操り手がいるに違いないと、ミヤベじっと観察したものでした。ところで、今回のハカセ阿部氏のように、必ず荷物持ちをすることになるこの応援参加者のことを、「苦力《クーリー》部隊」と呼ぶことにいたします（メンバー常に募集中）。

皆さまご存じのとおり、小田原もまた大都会。その駅前に、運動靴にリュックというおなじみの出《い》で立ちの我々に加え、ハカセ阿部氏はなんと水筒まで持参の完全装備。毎度のことながら浮いてるなあ……と思いつつ、駅から徒歩十分の小田原城を目指して進軍開始（しかし、ハカセ阿部氏のこの水筒は、あとで我らの救いの神になります）。幸い、雨も降らず陽も照りつけずの曇天に、足取り軽く、街中でもすぐに目に付く天守閣へと歩みを進め、石段をあがって大きな門をくぐると、なぜか目の前に──

一頭の象さんが。

「ゾウ？」

絶句するミヤベ。まあなんてことはない、小田原城址《じょうし》公園のなかに動物園が付設されていて、出入口に近いところに象の檻《おり》があるというだけの話なんですけれども、予備知識なしにいきなり目撃すると、天守閣と象、けっこうキますよ、これは。規模としてはさほど大きな動物園ではありませんが、ほかにもフラミンゴだのお猿サンだの様々な檻があって、平日の割には人出も多く、皆さん楽しそうに散策していました。

小田原城の歴史は、そもそも西相模《さがみ》に勢力を持った大森氏が居城《きょじょう》と定めたのがその始まりですが、歴史に名を残す巨城・名城への道を歩み始めたのは、やはり明応四年（一四九五年）、後の北条早雲《ほうじょうそううん》こと伊勢《いせ》新九郎長氏《ながうじ》が大森氏を追って入城してからのことであります。北条早雲は、その生まれや前身に謎《なぞ》の多い人物ですが、武将として優れ、民政に篤《あつ》く、大変な傑物。実はミヤベ、このヒト好きなんであります。現在の天守閣は、小田原市が昭和三十五年に復元したコンクリート造りのものですが、訪ねることができて嬉《うれ》しゅうございました。

今は図面や絵図の形でしか見ることのできない、中世ヨーロッパの城郭都市を思わせる小田原城の「総構《そうがまえ》」、あれが今日残されていたら、どれほどの史料的・観光的価値があったことだろう——それにしてもお城の階段てどこもここも急だよね——などと言いつつ最上階四階の展望台でしばしの涼をとる我々。絶景でありました。ところで、海の幸《さち》山の幸に恵まれた小田原のような土地で、蒲鉾《かまぼこ》や干物《ひもの》やういろう（これはお菓子というより薬であったようですが）のような保存食が発達したのは、小田原北条氏の得意の戦術が籠城《ろうじょう》戦であったことと深い関わりがあるという説を耳にしたことがあるのですが、①これは本当なのでしょうか。展示室に飾られている、天正《てんしょう》十八年（一五九〇年）四月からの秀吉《ひでよし》の小田原攻めの際の陣配《じんくば》りの再現図を見、ヒステリックと言っていいほどのその囲み方に、「むむむ」と感じ入るミヤベなのでありましたが。

小田原城天守閣を降りて、さあいよいよ、一寸延ばしに延ばしている感のないでもないお徒歩路に出発なんですけれども……。

「ホントにここから歩くの？」

泣きを入れるミヤベ。小田原からというのはあまりに無茶じゃないですかと、他社の編集者にも言われたんだから。

すでにして心得ておられるニコライ江木氏。腕時計をにらみつつ、

「時間的にも、ちょっと無理ですかね。じゃ、湯本までは箱根登山鉄道に乗りましょうか」

というわけで、お徒歩隊もしばし電車の人。ミヤベは箱根を訪れるのは生まれて初めてだったので、何に乗っても嬉しい遠足の小学生のようでありました。

2 湯本から畑宿《はたじゅく》へ

さて、箱根湯本のお蕎麦《そば》屋さん「はつ花《はな》」で遅めのお昼を食しつつ、午後のコースを検討にかかった我々ですが、今回、参考資料としたもののなかに、面白い書籍がありました。青蛙房《せいあぼう》から出版されている、岸井良衞《よしえ》氏編の『新修五街道細見《ごかいどうさいけん》』がそれ。題名どおり、江戸の五街道をスタートからゴールまで、ひとつひとつ宿場《しゅくば》や立場《たてば》を押さえながら、その地の名物や土産物《みやげもの》、本陣や脇《わき》本陣の主人の名前まで詳細に記したガイドブックで、寝転がって見ているだけでも興味深い本なのです。

この本によると、お徒歩隊午後の最初の目標ポイント「畑宿」は、「小田原」から「入《いり》生田《だ》」「山ざき」「三枚ばし」「湯元」ときて二子山を横目に見つつ「川ばた」の次の六つ目の宿場。畑宿の次はもう箱根ですが、ただしこのふたつの宿場のあいだには、「さいかち坂」「カシの木坂」「猿すべり坂」「てうし口坂」「白水坂」と、坂道の名前ばかりが列記してあります。

「この坂道の名称は、今もそのまま残ってるんでしょうかね」

「それはどうかな……」と首をひねるニコライ江木氏。「でもこの先に、『女転《おんな》ばし坂』というのがありますね。これも古くからある名称のようですけど」

あな恐ろしげな坂道の名前にビビるミヤベに、横合いからニコライ江木氏の虎《とら》の巻ガイドブックをのぞいていたハカセ阿部氏が曰く、

「でも、『女転ばし坂』は、現在は通行不可能って書いてありますよ」

ああ、よかった。

お店を出ると、それまで曇っていた空から待ってましたとばかりに太陽が顔を出し、出発する我々に照りつけます。東京を出る時は大雨だったので、今度ばかりは不要であろうと思っていた帽子を、急遽《きゅうきょ》買い求めることになったミヤベとニコライ江木氏。用意のいいハカセ阿部氏とマック田村氏に冷やかされつつ、町の小さな洋品屋さんに

立ち寄りました。ニコライ江木氏は本当に、本当に帽子が似合わないので、かぶってはいけないと、細君にきつく禁じられている身の上なんですけれどもね。

さて、地図を頼りに、旧東海道石畳入口目指して歩き始めたお徒歩隊一行。湯本もにぎやかな町ですし、観光客はみんなリゾートスタイル。リュック背負ってアスファルトを踏みしめる我らは妙に注目の的。しばらくして、

「この辺に、旧箱根街道一里《いちり》塚《づか》の碑があるはずなんですけど……」

汗をふきつつあたりを見回すニコライ江木氏。通りがかりの人々にも聞いてみたのですが、このあたりにそんなのあるかなあ、とつれないご返事ばかりです。でも、代わりに面白いものが。

「おや、②アベック地蔵さまだって」

めざとく発見、カメラを向けるマック田村氏。

湯本の町外れ、道の左手に、車で通れば見過ごしてしまうような小さな地蔵塚があり、そこに祀《まつ》られているのが、仲良く手を取り合い頬寄せている、珍しい男女一対《いっつい》のお地蔵さまなのでした。傍らの立て札に書かれている由来書によると、町に入り込んでこようとする「魔」を退けるため、ここに仲のよい一対のお地蔵さまのお姿を現したのだそうであります。仲良きことは美しき哉《かな》。ミヤベも拝んできましたが、縁結び

のお地蔵さまではないのでした。念のため。

さらに進むと、暑いよ暑いよと唸《うな》りつつ歩く一行の右手遠く、日差しを照り返す緑の山の中腹に、刷毛《はけ》ではいたような白く華奢《きゃしゃ》な滝が見えてきました。

「初花の滝ですね」と、ニコライ江木氏。「『箱根霊験躄仇討《はこねれいげんいざりのあだうち》』という芝居にもなった有名な逸話《いつわ》のある名所です。さっきの蕎麦屋の名前もこれにちなんでるんでしょう」

この滝にまつわる初花という女性の仇討物語は、史実と芝居とでは大きく食い違っており、有名なのはお芝居の方の筋書き。殺人があり亡霊も出るというおどろおどろしいお話です。芝居のヒロイン初花は、箱根権現《ごんげん》を信仰し、仇討を祈念してこの滝で水ごりをした由《よし》。しかし、見あげるような山のなかですから、大変だったことでしょう。おなごは昔から強かったのだ。

「我々は、羽根でもないとあそこには行かれませんね」とは、ハカセ阿部氏のコメントであります。

初花の滝を通り過ぎると、おお、あった！

「国指定史跡　旧東海道石畳入口」

なかなか立派な標識と、この先の道筋を記した地図が立てられています。鬱蒼《うっそう》と茂った木立と草むらのなかに、とりあえず見通せる範囲内は平坦《へいたん》な（コレがクセ物）石畳の道が、カンカン照りに参りかけていたお徒歩隊を誘うように涼しげに薄暗く、延々とのびています。ここでハカセ阿部氏お手柄の水筒の麦茶でひと息つき、さあ、旧東海道を歩くぞ！

緑の力というのは偉大なもの。アスファルトを踏んでいたときとは、汗のかきかたが違います。ちらほらと鳥の声なども聞こえて、気分は上々。ところどころに看板が立てられており、そこには、この石畳の造りが二重構造のようになっていて、水はけがいいように工夫されていることや、修復や整備を繰り返してきた歴史などが書かれています。

「江戸時代からこういう道があったというのは、凄《すご》いことだよね」

ただ――

「これは、我々が普通思う、いわゆる石畳というものではないですよね」と、ニコライ江木氏。

ミヤベもそれにはまったく同感。石畳というと、たとえばお寺の境内みたいに、石がひとつひとつ平らに並べられていて、歩きやすいようにしてある――というイメージですが、ここのはそういうものではないのです。石がデコボコしている。ときどき

箱根旧街道の前半は、この通り。石畳はツルツル滑る。だがしかし、こんな苦難はまだまだ序の口、子どもだましの屁の河童だった。先に待ち構えていたのは、「お徒歩」史上最悪といわれる地獄……。

とんがっている。まったく平らではない。あっち向いたりこっち向いたりしている。

「昔の、人は、ここを、わらじで、歩いたんですよ、ね？」

　とぎれとぎれにしゃべるミヤべ。バテてるわけではないのです。梅雨明け前の湿りがちの天気に、石にびっしりと苔《こけ》が生えていて、つるつる。気を抜くとすべって転んでベロ噛《か》んでしまうのだ。しかも、この時点では道は下り坂。

「一応、もう観光シーズンなんだろうし、湯本には大勢人がいたけど、ここを歩こうという人は見かけませんね」

「我々だけです」と、ニコライ江木氏がきっぱり。

　カメラを持つマック田村氏と軟弱ミヤべが遅れがち。いちばんケロリとしてさっさと歩いてゆくのはハカセ阿部氏。さすが、最年少選手であります。

「おや、小川ですよ。丸木橋があります」

　先頭を行くそのハカセ阿部氏が立ち止まり、手でひさしをつくって見おろしています。追いついてミヤべが目にしたものは、音をたてて流れる早瀬の上を、岩場と岩場のあいだをつなぐようにして、縄で縛った丸太の足場が、三つ四つ転がっているという光景でした。

「これ、橋？」

「橋です」

「渡れるの？」

「渡れることになってます」

「でも、ホラ立て札が」

橋へと降りて行く道の右手に、「この丸木橋は危険ですので、川が増水しているときには絶対に渡らないでください」という注意書きが立てられているのです。

「橋が水に浸《つ》かってたら渡っちゃダメだって」

「浸かってないですよ」

いえ、一部は立派に浸かってるように、ミヤベには見える。丸太が傾いて濡《ぬ》れている。

　とっとと先を行くハカセ阿部氏とニコライ江木氏。おずおずと渡るミヤベ。これがまたよく滑るもんだからコワバリながら進んでゆくと、ニコライ江木氏が振り返って言いました。

「この上に発電所があるんです。川の上流には、ひょっとしたらダムがあるんじゃないですかね。増水することがあるのも、そのせいかも」

　ドキリ。それはなんというか凄く怖いことではないのかしらん。今こうしてノロノロと渡っているときに、突然どこからともなく聞こえてくるサイレンの音。そして一分としないうちに始まるダムの放水。哀れミヤベは押し流されて川の藻屑《もくず》——なんてことを考えて取り乱しているところに、身軽に水際《みずぎわ》まで降りていたマック田村氏がカメラを向けて、

「はいはい、笑ってねー」

もしもこの丸木橋の場面がグラビアなどに使われていたとしたら、読者の皆さま、③ミヤベの引きつり顔の理由をご推察ください。

それでも丸木橋を無事に渡り終えると、そこから先は、一五〇メートルほど登り坂になっていました。道端の「畑宿」という標識の矢印も上を向いています。まだサイレンと放水の怖いミヤベは、「高いとこ、高いとこ」と、この坂は一所懸命登りました。

登り切ったところが、はい、畑宿に到着です。今は「畑宿」と呼んでいますが、当時は、正確にはここは宿場ではなく、もっと軽い休憩所である立場で、ですから『五街道細見』にも、単に「畑」と書いてあります。休み処《どころ》として「めうがや畑《はた》右衛《え》門《もん》」とありますが、ここでお茶やお酒を出したのでしょうか。

観光客の自家用車やタクシーが走り抜けてゆく舗装道路の両側に、お土産物屋や寄

せ木細工の店が立ち並んでいます。そのうちの一軒に立ち寄り、親切なお店の人に、ここから箱根まで歩くとどのくらいかかるでしょう、とニコライ江木氏が尋ねると――

「ここから？　箱根まで？　今から？」

お店のおかみさんは目を見張りました。

「国道を歩くんですか。それとも旧道を？」

「できるだけ旧道を行きたいんですが」

「そりゃ無理ですよ。夜になっちゃうよ」

「でも、歩くために来たもんでして」

「それなら、一時間か二時間、旧道を歩いて、またここへ引き返してきたらどうですか。それで、タクシーを呼んで箱根まで登れば。全部を歩くのは、無茶ですよ」

しかし、もともと常識はずれのことをするのがお徒歩隊なのだ。

「せめて、甘酒茶屋《あまざけぢゃや》までは歩いて行きたいんです」

「それだって、かなりあるからね……。まあ、旧道はやめて、国道を歩いたら何とかなるかもしれないけど」

そういえば、すでに時刻は午後四時を回っていました。

一同、頭を寄せて検討の結果、とにかく「歩く!」という目的は達したいので、ここはお店のおかみさんの助言を入れて、よし、国道を行こうということになりました。だけどこれが、大変だったのよね。

3 お徒歩隊とドリフト族とお玉ヶ池と

畑宿から甘酒茶屋までの道のりを地図で見ますと、二子山の等高線が「むぎゅー」という感じに混雑しているのがわかります。つまり、それだけ急な登りだということ。いわゆる箱根の七曲《ななまが》りですね。日光のいろは坂ほどではないにしろ、右に曲り左に曲り、うねうねと上へ登ってゆくこの国道は、いわゆるドリフト族たちにとって非常に魅力的な道であるようです。あるかなきかの国道の歩道(こんなところ、歩く人がいるわけないと思ってるんでしょうね、当然)を進み始めるとまもなく、頭の上の方でキュルキュルとタイアがきしむ音が聞こえてきました。

「お、やってますね」とニコライ江木氏。「ミヤベさん、見たことありますか、ドリフト族」

「うーん、これが初めて」

話しながら歩いてゆくうちに、二十歳《はたち》そこそこのあんちゃんが運転する車が、急カーブを回って走り降りてきて、そこでまたぎゅっとUターン。登っていったかと思うとまたすぐに「キュルキュルキュルキュル――」、続いて人の歓声が。

「見物人もいるんですね」

国道の坂道はかなり急で、息がはずみます。立ち止まって汗をぬぐいつつ、

「だけど、ああいうことして事故は起こらないのかな」

「起こりますよ。道にテールランプの破片がいっぱい落ちてるでしょ？」

ホントだ。ややオレンジ色がかってきた日差しを受けて、きらきら光っています。

「あれで面白いのかなあ、同じところを行ったり来たりするだけでしょ」

「まあ、ねえ。若者だから」

「しかし、彼らから見たら、とぼとぼ歩いてる我々の方が、よっぽどヘンに見えるんじゃないですかね」

然《しか》り。ひと言もございません。

「それにしても、ここを歩くのは危ないね。これだけの傾斜を、さっきから、登ってくる車も下りの車も、相当飛ばしているから。なんかほかに道は――」

マック田村氏が言って、一同が頭をあげたとき、目に飛び込んできたのは、国道の歩道から山のなかへとのびている灰色の階段でありました。

「そうか、あれを登ると、坂道をずっとたどってゆくより、ずっと短時間で上に登ることができるんですよ。ショートカットできます」

そうか、それはよかったと、勇んで階段にとりつくお徒歩隊。山の木立の緑のトンネルのなかにのびる、しっかりとしたコンクリートでつくられた階段です。手すりもついていて、登り始めると、国道を走る車の音がどんどん遠ざかってゆきます。

「これはラッキーだったね」

なあんて喜んでしまうミヤベでしたが、しかし皆さま。この階段、行けども行けども先があるのです。延々、登っていかねばならないのです。おまけに傾斜は急で、ステップのひとつひとつも高いのです。

「いやあ……」

「けっこう、キツいですね」

「四国の金比羅《こんぴら》さんか、山形の立石寺《りっしゃくじ》かという感じ」

「何段登ることになるのか、数えてればよかったな」

「ちょっと、休憩したい」

これが、“地獄”でありました。箱根旧街道にて。

④手すりにしがみついてヘタばるミヤベ。またしてもハカセ阿部氏の水筒の麦茶に救われます。
「わたし、高校時代に、千葉の鋸山《のこぎりやま》に遊びに行ったときのこと、思い出しました」

ご存じの方もおられるでしょうが、鋸山も階段また階段ですよね。

「だけどね、ふうふういいながらあの階段を登って頂上に着いたら、そこにハイヒールにスーツ姿の女の人がいたの」

「どこにでもハイヒールで行っちゃう女性っているからねえ」

「もしかしたら、ハイヒール登山というジャンルがあるのかも」

「無酸素登頂より凄い」

ぜいぜい喘《あえ》ぎながら、とにかく階段を上がりきりますと、ここで道が二手に分かれていました。左は旧街道。正面はふたたび階段。ただ、この階段はてっぺんが見えていて、どうやら国道に出ることができるようです。

「どうしよう……」

「階段よりは、旧街道の方が楽ですよね」

「でも、時間がね」腕時計を気にするニコライ江木氏。

「暗くなると、確かにまずいから」

しょうがない、もうひと頑張り階段を——と登り切ったとき、目の前に開けた国道を、奇跡のようなタイミングでタクシーが走ってきました。前後を忘れて手を振る一同。運転手さんの顔が仏様に見えたミヤベであります。

という次第で、甘酒茶屋まで歩き通すことはできなかったのですけれども、タクシーで連れていってもらうと、もうすぐそこだったのだということはわかりました（苦しい弁解）。昔も今も、箱根のきつい山道をたどる人々に憩《いこ》いを与えてきた甘酒茶屋では、スニーカーを履いた外国からの観光客がちらほらと休んでいました。

そこからさらに車で登り、お玉ヶ池に到着。夕暮れになり、変わりやすい山の天気に空は曇り、しかも霧が出てきて、なんとも神秘的な雰囲気。そこにぴたりとはまる、静かで寂しい山間《さんかん》の池なのですが、ここは箱根の関所と深い関わりがあるのです。その昔、お玉とお杉というふたりの旅芸人が、親方のきつい仕打ちに耐えかね、江戸から京都へ逃げる途中で、箱根の関所にさしかかり、手形がないために脇道を通って関所破りをしようと試みました。が、それも果たせず、捕らえられそうになったお玉が身を投げて死んだのが、この池。そこで、お玉ヶ池の名がついたというのです。毒婦みゆきの関所破りの旅に、もっともふさわしい場所ではありませんか。

「なんだか、映画『犬神家の一族』に出てきそうなシーンだよね。そこの水面に佐清⑤

の足が飛び出してておかしくない」

池のほとりにたたずみ、霧に隠れた対岸を透かし見つつ、妙なことを言ってしまうミヤベでありました。ミステリー作家ってしょうがないものだ（全国のミステリー作家から、しょうがないのはミステリー作家じゃなくておめえ個人だというお叱《しか》りの声、多数。スミマセン）。

さてこのあと、旧街道の見事な松並木を歩いて心を洗われ、本日は関所まで行くのは諦《あきら》めて、おとなしく宿へと向かったお徒歩隊。ハカセ阿部氏の水筒も空になり、汗だくの身体《からだ》を、箱根の温泉が待っていてくれました。

4　一夜明けて

この日は朝から雨。それでも、関所跡も併設されている資料館も、けっこうな人出でにぎわっておりました。

芦ノ湖《あしのこ》を左手に見て、左に関所跡の記念碑が、右手には当時の建物を復元したものが建てられていて、人形や資料が展示されています。のんびりと見学する我々には、

当時ここを通過しようとした人々が味わった緊張感は想像することもできません。それどころか、

「でもね、これだけ広い地域で、しかも山のなかでしょ。関所破りって、案外簡単にできたんじゃないかと思うのよね」と言うミヤベ。

しかし、資料館に入ってみると、その安易な想像は裏切られました。箱根山中には、この関所の外にも数ヵ所の脇関所があり、ポイントポイントに役人が配置されていて、しっかり見張っていたというのです。そのなかには、芦ノ湖を渡ろうとする者を捕らえるための監視台もあったというから徹底している。

明け六ツ（午前六時）から暮れ六ツ（午後六時）までの十二時間しか開くことのない関所の門。お役人の前に据えられている通称「お手つきの石」に手をつき頭を下げて手形を差し出す通行人たちは、面倒くさいなあと思うお伊勢《いせ》参りの陽気な人々から、密命を帯びて国へ帰る侍から、お玉のような逃亡者まで様々だったはず。あらためを受けて通過の順番を待つ人々がたむろしていた門の前の広場「千人溜《だ》まり」には、時代小説の材料がゴロゴロしていたろうなあ……などと、殊勝なことも思います。「入《い》り鉄砲に出女《でおんな》」で、女性に対する調べは特に厳重だったというのは有名ですが、髪をほどき化粧を落として調べるための、「髪洗いの井戸」まであったというのには驚き

ました。徳川幕府の安泰を支えていたのは、この、一種女性的なまでの深い猜疑心《さいぎしん》であったのでした。

資料館まで見学し、ミヤベは、きわめて基本的な誤解をひとつ解くことができました。当時の一般的な通行手形は、今わたしたちが想像するような、またお土産物屋で売られているような、木製の大きな駒《こま》みたいなものではなく、一枚の紙の証文《しょうもん》であったということです。ここに捺印《なついん》された印鑑（手形を発行した人、つまり大名や名主や家主の印鑑）が、にじんでいたり、関所に届け出されているものと違っていたりして咎《とが》められる——ということも多く、またこの証文をなくしてしまったが故に大騒ぎという事態もまま発生。まったく、不便な時代だったのですね。

しかし、資料館の掲示によると、江戸時代を通して、実際に「関所破り」の罪で死罪となった人々は、なんと六人しかいないのだそうです。漠然と、年に十人単位で罪を受けていたんじゃないかと思っていたので、これは大いに意外でした。当時の御役人も怖いばかりじゃなかったわけで、関所破りをしようとして捕らえられた人を、「うっかり道に迷ったのだ」として、屹度《きっと》叱《しか》りだけで許してやるというケースが多かったのだそうです。

六代将軍家宣《いえのぶ》のときに出された「箱根関所御掟《おんおきて》」には、こんなことが書かれています。

一、関所を出入る輩《やから》、笠《かさ》、頭巾《ずきん》をとらせて通すべき事。
一、乗物にて出入る輩、戸をひらかせて通すべき事。
一、関より外に出《いず》る女は、つぶさに証文（手形ですね）に引き合わせ通すべき事。付――乗物にて出る女は、番所の女（いわゆるあらため婆《ばば》です）を指出《さしだ》し相改むべき事。
一、手負《ておい》死人並《ならびに》不審成《なる》もの、証文なくして通すべからざる事。
一、堂上の人々、諸大名の往来かねてより其《その》聞えあるにおいては沙汰《さた》に及ばず、もし不審あるにおいては誰人によらず改むべき事。

公家《くげ》でも大名でも容赦はしないという掟、厳しいものです。この掟は現在「見返りの松」として知られる松の木の下に、高札にして立てられていたそうです。

お金さえ払えば、電車でも飛行機でも車でも自由に乗れて、どこへでも行くことができる現代のわたしたちの目に、江戸幕府統治時代の我が国の関所という仕組みは、前近代的な圧政の見本のように映ります。けれども、小雨に煙る湖畔を背景に立つ関所跡の碑を見つめていて、ふと、つい最近、この関所のような厳重な警戒状態のなかに身を置いたことがあると思い当たりました。そう、地下鉄サリン事件をきっかけとした、一連の事件による[6]東京非常厳戒体制の時ですね。江戸時代は警察国家だった。咲き誇った文化や平和な暮らしと同時に、「関所」というものがなくてはならない時代だった。そこから長い長い道のりをたどり、多くの犠牲を払いながら、この国はやっとここまでやって来たのに、あのときの東京は、警察国家に先祖返りしてしまってた。やむを得ない事態ではあったのだけれど——

歴史は元へは戻らないけれど、人間は戻ることができてしまうんですね。そのことを考えると、温泉の気持ちのいい朝風呂《あさぶろ》の名残も、ふっと冷めるような気がしたものでした。

過去三回のお徒歩日記のうち、今回はいちばん楽しいものでありました。やっぱり温泉はいいね、などとフラチなことを書いたりしまして……。

今回のこのページを読み、箱根の旧東海道を歩いてみようと思われましたなら、ぜひ、足ごしらえはしっかりとしてお出かけください。若い人なら気合いでなんとかなりますが、石畳は革靴で楽に歩けるところではありません。年輩の方なら、松並木の残されている部分だけ散歩するのが一番楽しく、きれいで風情《ふぜい》もあると思います（でも、わたしたちの歩いた旧街道の一部は、地元の子供たちの通学路になってるそうなんですよ、偉い！）。

また、箱根から三島へと続く旧街道は、あることはあるし標識も立っていますが、さらに難儀で危険な道です。ハイキング気分の行程には組み入れない方が無難でしょう。

「怖いよー」

と泣きつつ歩いてみたお徒歩隊が申し上げるのですから、間違いありません。

それでは、次回はいつどこへ行くのやら。編集長のお許しがあれば、またお目にかかれますでしょう。再見《ツァイチエン》！

※　参考文献
『新修五街道細見』岸井良衞編（青蛙房）
『今昔東海道独案内』今井金吾（日本交通公社出版事業局）
『江戸時代の箱根と関所』（箱根関所資料館）
『箱根関所物語』加藤利之（神奈川新聞社）

注釈講釈後日談 其ノ参

①保存食と籠城戦【ほぞんしょく・と・ろうじょうせん】小田原市のしかるべき筋にお尋ねしても、両者の関連性は浮かび上がって来ないのですが、某テレビ局のツアー&グルメ番組に近しい関係を指摘するナレーションがございました。事実と異なる俗説なのでありましょうか？

②アベック地蔵さま【あべっく・じぞう・さま】

③引きつり顔【ひきつりがお】この時のお写真は小説新潮のグラビアには登場しなかった。別段、ミヤベさんのお顔が見るも哀れだったわけではありませんよ、念のため。

④**手すり**【てすり】この時、マック田村はしっかりとシャッターを切っていた。ああ何とも無慈悲で情け容赦のないお徒歩隊！　本邦初公開のお写真、決してヤラセではありませんよ、念のため。

⑤**佐清の足**【すけきよ・の・あし】ニコライ江木氏によると、ミヤベは水辺や湖沼に行くと、どこでも必ず、「佐清の足が出てきそうだ」と言うそうです。だって映画『犬神家の一族』のあのシーン、印象が凄く強烈だったでしょう？　目の裏に焼きついているんですよ。ニコライ江木氏はさらに、全国のやや怪しい風情のある湖沼に佐清の足のオブジェを立て、毎日正午になると音楽と共にその足を上下させてはどうか、といったアイディアを述べており、やはりそのスポンサーには角川書店さんが付くべきだなどとも提案していますが、ミヤベはそんなことを言いだす勇気は持たず、角川書店さんのミヤベ担当者も聞く耳持たないでしょうから、ほっといてください。

⑥**非常厳戒体制**【ひじょう・げんかい・たいせい】地下鉄サリン事件からしばらくの間（都知事宛の小包爆弾事件や地下鉄新宿駅

異臭騒ぎなども続いて)、地下鉄の駅構内からごみ箱が撤去され、地上の駅のプラットホームのごみ箱とコインロッカーが封鎖、電車内の網棚に新聞や雑誌を置き捨てにできなくなった。

其ノ四
桜田門は遠かった

平成七年十二月十五日

水道橋駅
御茶ノ水駅
太田道灌追慕の碑
一橋御門跡
雉子橋御門跡
毎日新聞社
丸紅
気象庁
合同庁舎
神田駅
酒井雅楽頭屋敷跡
東京駅
田安門
清水門
科学技術館
竹橋
平川門
二ノ丸跡
大手門
パレスホテル
北の丸公園
吉田茂像
武道館
本丸跡
天守閣跡
富士見櫓
千鳥ヶ淵
吹上
西ノ丸跡
坂下門
皇居前広場
馬場先門
東京會舘
有楽町駅
楠公像
新宮殿
二重橋
英国大使館
半蔵門
桜田門（外桜田門）
日比谷公園
警視庁
井伊掃部頭上屋敷跡
憲政記念館
旧・社会党本部
国会議事堂
北
0
500 m

冬来たりなば、ミヤベのお徒歩遠《かち》からじ。

皆様、明けましておめでとうございます。第四回目を迎えましたお徒歩日記であります。

以前にもご説明しましたが、この企画、小説新潮が年二回時代小説特集を組むとき、イロモノ（ははは！）として掲載されるわけでして、昨年の夏は、かねて皆様ご承知のとおり箱根八里の山越えに挑戦、一同ボロボロになって帰京いたしました。そうなると今冬は、やっぱり江戸に戻って企画を立てたい――と、ミヤベと担当ニコライ江木氏は考えたのであります。

ところが、「江戸」という街には、案外歩く目的がありません。いえ、たとえばミヤベが捕物帖《とりものちょう》など書くときの参考として、「神田明神下《みょうじんした》から青山までどのくらい時間かかるかなあ」などとポコポコ歩く分にはいくらでもできるのですが、それを文章にしてお目にかけてもいささか退屈なのでは、と思います。何かこう、意味の感じられるルートはないものか——

と、頭をひねっている頃、ミヤベは別の用件で出雲《いずも》と松江を旅することになりました。かの地で美味《おい》しい和菓子をたくさん食し、宍道湖《しんじこ》に遊び松江城を見学して帰京。松江城の天守閣に、「日本の名城」と題した各地のお城の写真が飾ってあり、数えてみたらミヤベはそのうちの九つのお城を見学してた、思ったよりたくさん見てました——などとニコライ江木氏にお話ししたところ、ふと氏が呟《つぶや》きました。

「いえ、僕も城は好きで結構見てる方なんですけどね。でも、今ひょいと思ったんだけど、『日本の名城』を数えあげるとき、そのなかに『江戸城』は入ってるんですかね？」

ほほう……そういえばそうですね。

「そうか、あの場所を『江戸城だ』って意識したことないでしょ。皇居だと思ってるから」

「史跡としての江戸城って、案外盲点になってるかもしれないですよ」

そうだね——と、ふたりともニヤリ。

というわけで今回のお徒歩日記、「史跡・江戸城」一周コースと相成《あいな》りました。決行日は平成七年十二月十五日。うららかに晴れた青空の美しい日でありました。

1　豪華メンバーで出発

さて当日、我々お徒歩隊一同は、丸の内の東京會舘《かいかん》ロビーに集合いたしました。交差点を渡った目と鼻の先にある馬場《ばば》先門《さきもん》をスタート地点として、反時計回りに、外堀と内堀のあいだを行ったり来たりしつつぐるりと一周するルートをとることにしたのです。

今回は、お徒歩隊のメンバーに若干の変更がありました。過去三回、最年長の牙城《がじょう》を守りつついちばん元気に歩き通してくれたカメラマンのマック田村氏が、スケジュールの都合で欠席。代わりに、バリバリの若手カメラマン土居氏が参加してくれたのであります。四国出身のしっかり者、さぬきうどん土居氏、なんてったって二十五歳！　ミヤベとニコライ江木氏より十歳若いのであります。

「ヤダなー。土居さん、あたしが就職したころ、まだ小学校の校庭で半ズボンはいてドッジボールしてたんだ……」と、取り乱すミヤベ。マック田村氏には「三脚持ちましょうか」とか気をつかっていたニコライ江木氏も、「土居君若いもんね、荷物持てるよね」と、妙に冷酷。若者にシットするあたり、ミヤベもニコライ江木氏も立派に中年の一年生なのであります。しかし、それらの雑音などどこ吹く風のさぬきうどん土居氏、なかなか頼もしい。

さらに、今回は増援ユニットが豪華でありました。第一回目の忠臣蔵コースにも参加してくれた出版部の庖丁人《ほうちょうにん》中村氏に加え、なんと、畏《おそ》れ多くも校條《めんじょう》編集長が御自《おんみずか》らお出かけくだすったのであります！

「編集長、ホントにいいんですか？　結構歩きますよ」

編集長、胸を叩《たた》いて曰《いわ》く、「大丈夫、私は毎朝駅まで二十分歩いてるんですから」

ミヤベ、ニコライ江木氏に小声で尋ねました。「この暮れの忙しいときに、編集長が席を空けちゃってかまわないのかな？」

ニコライ江木氏、鼻で笑って曰く、「まったく問題ないです。かえって、みんな喜んでるでしょう」

だそうであります。

予定では、前回箱根に水筒持ってきて大活躍してくれた文庫編集部のハカセ阿部氏も参加してくれるはずだったのですが、残念ながら当日、流感でダウン。

「あいつ本当に風邪かな。『ドラクエⅥ』[1]やってんじゃないですかね」とニコライ江木氏。疑り深くなるのも中年の証拠なんだからね——と冷やかしつつ、自分もテレビゲームやってて対談に遅刻したことのあるミヤベは内心ヒヤリ。[2]という次第で総勢五人、馬場先門へと向かいました。横断歩道を渡りながら、ミヤベは申しました。

「実はわたし、皇居へ来るの初めてなの」

「エーッ！」と御一同。

「まあ、東京のヒトだから、修学旅行で来るってこともないでしょうけど」

「でも、デートコースですよ」

「ついでに言うと、千《ち》鳥《どり》ヶ淵《ふち》でボートに乗ったこともないの」

「——ミヤベさん、寂しい青春時代を送ったんですね」と言ったのが誰なのかは、伏せておきます。覚えのある方は、あとでカクゴしておくように（下町の人間は、デートでボートに乗るときは上野不忍池《しのばずのいけ》に行くんだよ！）。

と、わやわや言いながら、馬場先濠《ぼり》を渡り、皇居外苑《がいえん》に到着。左手後方に警視庁の建物が見える——あれが桜田門。本日最後に通過するポイントです。こうして見るとすぐ近くだけど、ゴールとしては遠いのだ。

緑の芝生のなかに、カメラをさげた人びとの姿があちこちに。駐車場には黄色いはとバスが二台停まっています。外人さんも目立ちます。師走《しわす》の平日とはいえ、さすがは観光ポイント。そのまま二重橋方向へまっすぐに進んで行くと、左手に有名な楠公《なんこう》像が見えてきました。ここでも観光客が記念写真を撮っています。

「楠正成《くすのきまさしげ》はどうしてあんなにも後醍醐《ごだいご》天皇に忠実であったんだろう」

「当時の人びとの目には、足利尊氏《あしかがたかうじ》はやっぱり裏切り者に見えたのかな」

などなどと話し合いつつ内堀通りを渡ると、そこはいわゆる皇居前広場です。テレビでいちばん頻繁に映される場所ですね。砂利《じゃり》を踏んで進んでゆくと、二重橋で、ちょうど皇宮警察の衛兵交代を見ることができました。

「人数はちょっと少ないけど、テレビで見たバッキンガム宮殿の衛兵交代みたい」とミヤベ。もっとも、バッキンガム宮殿のそれのように観光客用のイベントと化しているわけではなく、粛々とした光景です。

さて二重橋。恥ずかしながら、土台の丸太の橋とその上に重なる橋の高さが違うので、横から見ると橋が上下にふたつ重なって見えるところからこの名がついたのだという由来を、ミヤベはこの日初めて知りました。二重橋と言えば「東京だよおっ母さん」というくらいの知識しかなく……。そういえば、ちょっと必要があって昭和史や第二次大戦関連の本を読んでいた時期に、タクシーに乗ったら、偶然ラジオからこの歌が聴こえてきたことがありました。すると、以前は聞き流していたあの歌詞が急に胸に迫ってきて、思わず涙ぐんでしまった——という経験を持つミヤベはやっぱり中年になってきたのでしょうか（今回はイヤにこだわりますが、なんせ若者が参加してるもんで）。

この日は上天気、しかも風も穏やかな小春日和《びより》とあって、お徒歩隊一同完全な遠足気分であります。写真を撮ったりお堀の緑色の水をのぞき込んだりしてから、右手の坂下門《さかしたもん》へと向かいました。ではこの辺で、実際の一周ルートに入る前に、江戸城の歴史をざっとおさらいしておくことにしましょう。

2　江戸城と火災

「江戸城を建てたのは誰？」

「徳川家康です」

「ブー、残念でした。正解は太田道灌《どうかん》です」

というような、雑学とも言えないクイズが昔はあったものですが、では道灌はまったく何もないところにいきなりお城を建てたのかというと、そんなことはありません。道灌は室町時代の人ですが、それよりもずっと以前、平安時代の末期に、坂東《ばんどう》平氏の流れを汲《く》む江戸重継《しげつぐ》という人が、ここに居館を築いたのがそもそもの始まりです。江戸氏は鎌倉幕府でも重く用いられ、なかなか繁栄した一族なのですが、室町時代のころになって一族が分裂、そのため、江戸の居館も一度は使われなくなってしまいます。太田道灌は、その跡地に目をつけたのでした。なぜかと言えば、江戸氏がここに居館を設けたのと、理由は同じ。この地は昔、江戸湾に面した台地の一角で、攻めるに難《かた》く守るに易《やす》い天然の要害の条件を満たしていたのです。

この点は、現代人にはちょっと想像しにくいことですね。ミヤベもぶらぶら歩きつつ、右手に林立する都心のビル群を眺め、「昔はこの辺は海だったんですよねえ」と呟いても、今ひとつピンとこなかったのでした。ただ、水辺の台地に立つお城がグッドであるということは、うん、実感できます。最近、歴史シミュレーションゲームに凝っているおかげです（やたら城攻めが多いんですよ、コレが）。

では、太田道灌は何故《なにゆえ》に江戸にやってきて城を築いたかといえば、それは彼が当時の関東管領《かんれい》扇谷《おうぎがやつ》上杉氏の家宰《かさい》（家老みたいなものですね。もうちょっと武張《ぶば》っているけど）だったからです。歴史好きの方にとっては常識以前のこの知識ですが、一般の、それこそ「江戸城は誰が造った」的雑学にも、日本史のテストにも、まず出てきません。この辺が問題なんだと思うのですが、まあそれはさておき、道灌の造ったこの「第一期江戸城」は素晴らしい名城であったと伝えられていますのに、残念ながら、その詳細を直接的に記した資料は残されていません。わずかに、他の記録から概要を推《お》し量ることができるだけです。

しかし、時は戦国。その後、道灌は上杉定正《さだまさ》に殺され、お城も上杉氏のものになりますが、そこへ小田原北条氏が攻めてきて、今度は北条氏がここを支城のひとつにしました。そのまま戦国時代中期へとなだれこみ、有名な秀吉の小田原征伐で北条氏が敗北、その旧領地が徳川家康に下げ渡されたとき、江戸城も彼のものになりました。ここでやっと、家康が登場するわけです。彼が秀吉に「三河から関東へ移れ」と命じられたときのいきさつは、戦国時代小説の読みどころのひとつですが、結果としては、ここで事を荒立てず素直に東《あずま》に下ってきた家康の選択は正しく、徳川家はこの地で三百年近く政権を維持することになるのですね。

家康が移された当時の江戸城は、道灌の名城の面影もなく、石垣は崩れ畳は腐り周りは草ぼうぼう、荒れ果てて貧弱な代物《しろもの》であったそうです。彼に従ってきた三河武士たちも、さぞかしがっかりしたことでしょう。が、そこでクサッてしまわなかったのが偉い。すぐに城下町の整備にとりかかり、移封の二年後の文禄《ぶんろく》元年（一五九二年）には西ノ丸建築を始めました。その後、関ヶ原の合戦や豊臣《とよとみ》家との最後の決戦などで築城が中断した時期はあったものの、江戸開府を機に再び拍車がかかり、大車輪で造りあげられるのが、現在わたしたちが「江戸城」として認識しているお城の大本なのです。

家康亡《な》き後も、息子の秀忠《ひでただ》、孫の家光が城の拡大を引き継ぎ、総郭《そうぐるわ》が完成したのは寛永十三年（一六三六年）。この完全版のお城は、現在の千代田区のほぼ全域をそのなかに含んでしまうほどのスケールを持っていました。堀割は本丸を中心に三重に掘り巡らされ、外郭には三十六個の城門があったと言われます。豪奢《ごうしゃ》な本丸・西ノ丸のほかに、天守台やたくさんの櫓《やぐら》も建てられていました。

ところがこの立派な「第二期江戸城」、実にしばしば火災に遭うのです。まずは俗に振袖《ふりそで》火事とも呼ばれる明暦《めいれき》の大火。明暦三年（一六五七年）正月の十八日に本郷五丁目から出火、折から強い西風の吹きまくる頃で、しかも真冬の乾燥期。十九日になっても消し止めることができずにおろおろしているところに、今度は小石川伝通院《でんづういん》前の新鷹匠町《しんたかじょう》から出火。火の手は容赦なく広がり、江戸城中にも飛び火し、なんと本丸も天守閣も焼けてしまうのですね。二ノ丸も全焼。西ノ丸だけは、風向きが変わったおかげでかろうじて助かったという有様でした。お城の櫓のなかには火薬が貯蔵されていまして、そこに火がかかったのですから、ひとたまりもありませんね。このときの将軍は四代家綱ですが、この人、ひい祖父《じい》さま・祖父さま・父上と三代かけてつくりあげた日本一のお城をひと晩でおじゃんにしてしまったという、まれにみる不運な親不孝ものであります。

むろん、被害は江戸城ばかりではなく、当時の江戸市中の大半が焼亡。心から懲《こ》りた幕府は、「耐火」を念頭に江戸の町の再建に取りかかりました。とてつもない出費です。で、本丸や二ノ丸の再建は仕方ないとしても、「ただ景観だけの建物である」(家綱の叔父・保科《ほしな》正之《まさゆき》談)天守閣は、とうとう再建されませんでした。徳川十五代将軍のうち、三分の二は天守閣のない江戸城に住んでいたというのは、ちょっと面白いですね。ただ、このときの焼失を機に城外に出されてしまった吹上《ふきあげ》の御三家の屋敷跡には、吹上御庭という広大で豪奢な庭園がつくられることになり、それは美しい(桜の森があったとかで)ものだったそうです。

その後も火災は大小取り混ぜて頻繁に江戸城を襲い、ミヤベも資料を見ていて、不謹慎ながら失笑してしまったのですが、本丸御殿はさらに三回焼失三回再建、文久三年（一八六三年）の四度目の焼失ではとうとう再建されず、二ノ丸は四回焼け五回再建、慶応三年（一八六七年）に五度目の焼失、西ノ丸は五回も焼けて七回も再建したり修理したり、二ノ丸が増築されて分かれた三ノ丸も一回焼失して再建——と、焼失・再建の涙ぐましいようないたちごっこ。戦国時代の圧倒的勝利者徳川家も、火事にはまったく勝てなかったというわけで、しかも時代が下がるにつれて財政は逼迫《ひっぱく》、建て直さずに諦《あきら》めてしまう施設が次第次第に増えてゆくのでした。なお、話がちょっと戻りますが、明暦の大火の折には諸大名の屋敷もぼうぼう焼失、この時焼けてしまったのは桃山調の優雅で美麗な屋敷、再建されたのは質素で実用的な屋敷ということで、火事の前後で江戸の町の雰囲気がずいぶん変わってしまったということです。

しかしこうして見てくると、「江戸城って、よくまあちょっとでも残ってたなあ」と思えてきますね。皆様もどうぞ、火の用心さっしゃいませ。

3　あの橋この橋

江戸城のお堀にかけられていた橋の名前と、城門の見張所（これを見附《みつけ》と呼びます）の名は、現在でも地名や駅名となってちらほら残されています。お徒歩隊の江戸城一周でも、目的のひとつは、これらの門をチェックすることです。

坂下門へ来てみると、ちょうど門扉《もんぴ》が開き、警備の人が無線で内部と連絡を取りながら、一台の車を通過させるところでした。NTTデータの車でした。

「そうか、皇居のなかにもいろんな業者が出入りしますよね」

「パソコンが置いてあるのかもね」

ミヤべは昔、東京ガスで準社員として勤めた経験があるのですが、当時の上司が、皇居のなかの設備点検に伺ったとき、やはりとても緊張したという話をしていたのを思い出しました。

地図によると、坂下門の内側、進行ルートの正面には「富士見櫓《ふじみ》」があるはずなのですが、堀越しに仰いだだけではどれがそれなのかちょっと判《わか》りません。見事な石垣に感心しつつ、白漆喰《しっくい》のお城の壁に塗り直した跡の見えるところとか、「石落とし」（窓の下に細い枠《わく》をつくって空間を空けておき、来襲する敵に向かってそこから石を落とす仕掛け。暖房効果は台無し）がちゃんと残されていることに驚いたりしながら歩いていきます。

「マラソンするなら話は別だけど、この辺て、普段は歩いて通るような場所じゃないんですよね」と、千代田区観光ガイドマップを広げて歩きつつ、庖丁人中村氏が呟きました。「地下鉄で下を通過するか、タクシーで脇《わき》を通り抜けるかどっちかでしょう」ちょうど右手にパレスホテルが見えてきたところでした。そうよね、パレスホテルでカンヅメになったり、パーティをやったりする作家はあまたあれども、パレスホテルの前をリュックサック背負《しょ》って通りかかる作家は、まずいませんわね。ここは都心も都心、大都心なのです。

そういえば、三年ほど前、お徒歩日記の先駆けとなった深川散策をした折には、テナントのいないガラ空きの新築ビルや、建築途中で放り出された鉄骨だけの建物、妙に中途はんぱな形の空き地、しもたやの立ち並ぶ隙間《すきま》に唐突に現れる月極《つきぎめ》駐車場など、バブル崩壊の傷跡と思えるものを、あちこちで目にしたものでした。「真夏の忠臣蔵」で第一京浜を歩いたときも、壁のように立ちふさがるビルの後ろに、廃墟《はいきょ》になった昔の長屋式集合住宅を見つけて驚いたりしました。

しかし皇居周辺には、さすがにそれらの悲しい遺跡は見あたりません。立ち並ぶビルも、銀行や商社、大手の製造業社の年代を経た重厚な構えのものばかり。「あれ、三菱《みつびし》商事だ」「あ、日本鋼管だ」「三井物産だ、本社かな」という感じです。バブルの嵐《あらし》はどこに向かってどう吹きまくったのか、じわりとわかるような気がしてくる眺めであります。

桔梗濠《ききょうぼり》を左手に進行、このあたりは、道路とお堀の水面の高低差が二メートルぐらいしかありません。大手門に着くともう少し道路の方が高くなりますが、それでも、水面に遊んでいる鴨《かも》たちが、お徒歩隊を見つけてわらわら寄ってくるぐらいの距離です。鴨たち、人影がさしても逃げず、逆に近づいてくるというのは、餌《えさ》をもらいつけているのでしょう。

「あ、アヒルだ」とミヤベ。

「あれは白鳥です」と、ニコライ江木氏真面目《まじめ》に訂正。ほかの人たちは聞こえないふり。

大手門は江戸城本丸の正門です。三百諸侯《しょこう》が登城するとき使用したのがこの御門。門内には「百人番所」という古い建物があるそうですが、外側からはちょっと見えません。宮内庁《くないちょう》病院もこの内側にあります。大手門の前から東に延びているのが永代通り、この地下を営団地下鉄東西線が走っておりまして、それに乗るとミヤベはまっすぐおうちに帰れるのですが、ガマンして歩かねばなりません。

さらに先に進んで行くと、お堀はゆるやかに左にカーブ、正面に総合商社丸紅の社屋が見えてきます。ロッキード事件当時の悪い印象がたたってしまい、通俗時代小説における「越後屋《えちごや》」に匹敵するほどの悪い商人《あきんど》の代名詞にされてしまった観のある丸紅さんですが、建物はシンプル。構えもそう大きくはありません。そうかここがあの丸紅か――と感動。しかし、このあたりはお役所町でもあるのですよね。合同庁舎の三つのビルが見え、気象庁もすぐ目の前。古地図《こちず》を見てみますと、お堀の形が変わっているので正確に重ね合わせることはできませんが、ちょうどこのあたりに、一橋《ひとつばし》殿のお屋敷や、「下馬《げば》将軍」の異名をとった酒井雅楽頭《さかいうたのかみ》の屋敷があったのでした。

さらにお堀も道も左にカーブ。平川門です。ここは大奥女中の出入口であり、また御三卿《ごさんきょう》もここを使用しました。御三卿とは、昨年の大河ドラマをご覧の方はご存じのとおり、八代将軍吉宗《よしむね》が御三家に対抗して興《おこ》した将軍直系の新御三家です。実は、さきほどワイワイ騒いでいた丸紅ビルのあるところに、御三卿のひとりで吉宗の四男一橋宗尹《むねただ》の屋敷があったのだそうです。古地図では（ミヤベが見ているのは文久元年のものですが）、ここに一橋御門とあり、平川門の名は載《の》せられておりません。そのかわり、一橋御門と竹橋御門のあいだにもうひとつ、雉子橋《きじばし》御門というのがあります。うーん、こういうのを見てしまうと、江戸城とお堀がそのままそっくり残されていないのが恨めしいですね。

ところでこの平川門ですが、江戸城の裏門に当たることから、また不浄《ふじょう》門でもありました。怪我人《けが》や死人、不祥事を起こした大名などを外に運び出すとき使ったのですね。浅野内匠頭《たくみのかみ》や、スキャンダルで流された奥女中の江島《えじま》も、ここを通ったわけです。この橋は今もゆかしい木の橋のまま。擬宝珠《ぎぼし》には慶長十九年（一六一四年）から残されているものがあるそうです。

さあ、道のりの約半分、皇居の北側のてっぺんにさしかかりました。竹橋です。お堀に面して毎日新聞社のビルが建っています。毎日新聞社の出版部の仕事が遅れに遅れているミヤベは顔を隠して通ります。この暮の忙しいときに何をやっとんのか！

「幟《のぼり》を立ててくればよかったですね」とニコライ江木氏。「ミヤベさん、ここにいますよぉ」と、ビルに向かって手を振る庖丁人中村氏。ミヤベますます逃げ足が早くなるのだ。ごめんなさい！

と、ここで校條編集長が発言。「この毎日新聞社のビルは、確か前はリーダーズ・ダイジェスト社が建物の一部を持っていたこともあるんですよ」

「え？　リーダーズ・ダイジェストって、アメリカのあの雑誌ですよね」

「そうです、そうです。それを毎日新聞が買ったんじゃなかったかな」

ほほう……。皇居に顔を向けて堂々と建つこのビル、昔はアメリカ資本も入っていたわけか。なかなか興味深い。

「なんか記念碑がありますね」

それまで無言のカメラマンだったさぬきうどん土居氏が、お堀脇の小さな植込の方を指さして言いました。近づいてみると、「太田道灌追慕の碑」。ちょうどお昼過ぎで、休憩中のサラリーマン氏が台座に腰掛けて本を読んでいます。その前をわさわさと通り抜け、清水門へ。古地図では、まっすぐに清水殿のお屋敷に通じている門です。その先の田《た》安門《やすもん》も、田安殿のお屋敷直通。この周辺には、ほかには大きな屋敷はなく、みんなこまこましています。お城を背負った御三卿の権威を見せつける造りでありましょうか。

清水門を入った内側が、北の丸公園です。武道館には何度もコンサートで来たことがあるけど科学技術館には来たことがないというミヤベは、北の丸公園も、ゆっくりと散歩するのは初めてです。昼休みでくつろぐ人びと、お弁当を食べるOLさんたち。園内の吉田茂像が、森繁久彌《もりしげひさや》さんに似ていることを、ミヤベは発見いたしました。『小説吉田学校』が映画化されたとき、演じたのは③モリシゲさんだったのでは？　その先入観があるからかもしれないけど、何しろそっくりですよ。

コンサートで武道館に来るときは、帰りは夜になっているし、北の丸公園側の出口すなわち清水門は閉じられているしで、全然気づかなかったのですが、武道館の周辺

黒沢明監督が映画セットとして建てたような（?）、北の丸公園の清水門。かくも風格ある歴史的建造物（ホンモノ、いうまでもなく）が、ロックコンサートで賑わう日本武道館のそばに目立たず、さりげなく鎮座していた。

にも史跡のたぐいはたくさんあります。なかでも目を惹いたのは、建物の脇の坂道を登っていった先にある、小さな記念碑。ほとんど崖《がけ》っぷちに立っているようなこの碑は、昭和天皇がその昔、関東大震災の後、復興の成った下町一帯をここに佇《たたず》んでご覧になったという、その記念の印なのです。

「そうか、昔はここに立てば下町の方まで見通すことができたんですね」

実際、北の丸公園内を歩き、次に千鳥ヶ淵の方へと出てゆくと、道灌がここを天然の要害と思った理由がわかってきます。出発点の馬場先門あたりでは、すぐ目の下にあったはずのお堀が、ここではなんと遠いこと。この高低差。千鳥ヶ淵だけ歩いていると、それが当たり前。丸の内近辺だけにいると、それも当たり前。でも、通して歩いてみると、違いがよくわかります。そうなんだ、ここは台地だったんだなあと、つくづく実感することができました。北の丸公園内には、とりたてて看板など立てられてはいませんが、大きなかやぶき屋根のついた門や、がっちりと築かれた土の塀《へい》など、城の名残が散見されます。それらを見学してから高台にあがると、「江戸城」というものの存在が、皇居の森のイメージの向こうから幻のように立ち上がってくる――なかなか得難い経験でありました。

4　イベント発生！

さて、昼食休憩を九段下でとり、午後の出発点は千鳥ヶ淵。千鳥ヶ淵は言わずと知れた花見の名所ですが、花のないときにも景観の見事さには変わりありません。新発見したのは、お堀の向こう側の様々な場所に、たぶん光学監視装置なのでしょうけれど、カメラみたいなものが据え付けられているということ。さらには、皇居の周り、お堀の縁の目のくらむような高いところを、警備の人が歩いてパトロールしていることです。

「命綱、つけてるのかな」

目をこらしたけど、もちろん見えません。

もうひとつ、千鳥ヶ淵の公園には、どういうわけか、猫がたくさんいました。一匹や二匹じゃない、そこにもここにもやたらといるのです。野良《のら》猫にしてはきれいだし、人間を警戒しない。ベンチで煙草《たばこ》を吸っているサラリーマン氏の隣で丸くなってたりするんですよ。

「あの、失礼ですがそちらさまの飼い猫ですか？」とお尋ねしてみると、サラリーマン氏も苦笑して、

「違いますよ。ここに、いっぱい住み着いてるんです」と教えてくれました。お花見の時には気づかなかったけど、④猫の王国でしょうかね。

公園を出てひたすら南へ、南へとくだってゆくと、半蔵門《はんぞうもん》の北門で内堀通りと合流します。桜並木はずっと続いていますが、当然のことながら車の流れは激しく、左にお堀、右にビルと車という眺めに逆戻り。北門から半蔵門のあいだが半蔵濠。イギリス大使館を横目に直進してゆくのですが、ここはほぼ直線なので、進行方向の半蔵門が、遠くからもよく見えます。

で、気づいてはいたのです。

「なんか、半蔵門のあたりに人が集まってますね」

女の人が三、四人、それにあとは制服姿の警備の人たちが七、八人。近づいて行くと、半蔵門には警備の詰め所があるのがわかりました。

この半蔵門も、お堀と道路（橋も）との落差が大きいところですから、雄大な感じがするのですが、しかし頭を寄せて楽しそうに話をしながらそこに溜《た》まっている女の人たちは、観光に来て橋とお堀の眺めを楽しんでる——という雰囲気ではありません。

だけど、手に手にカメラを持ってるのよね。警備の人たちも、女の人たちと笑顔でしゃべったりしています。だけど、そうしながら通行止めの標識を並べたりしてるのですよ。

「あの、何かあるんでしょうか？」

質問したニコライ江木氏に、警備の人が笑顔で答えました。

「これから、雅子《まさこ》妃殿下がここをお通りになるんです」

あらま！　そういうことでしたか！　この溜まっている女の人たちは、皇室ファンであるのでした。

驚くお徒歩隊に、さらにニコニコしながら警備の方は言いました。

「標識の外へ出ないようにしてくれれば、写真を撮ってもいいですよ。あと一〇分くらいでお通りになりますから、待っててごらんなさい」

別の人も、「今日は見物人が少ないから、前の方で見られるよ」

じゃあ、せっかくだから——とお徒歩隊も待つことにいたしました。

「土居君、アングルはどう？」

「できるだけアップが欲しいんですけどね」

「みんな静かにしてなきゃダメなんじゃないの」

などなどと言っていると、盛んに無線機でやりとりをしていた警備の人たちが、すっと通りの方に出ていきました。半蔵門の交差点は交通量の多いところです。実はミヤベ、あと一〇分で来られるならば、もう車の通行止めしておかないと間に合わないんじゃないのと余計な心配をしていたのですが、いやはや、おみそれしました。白バイ二台に先導されて都合三台の黒塗りの車が、左手の方に見えてきたなと思うや否《いな》や、警備の人たちは、実に見事に手際《てぎわ》よく、通行する車を止めて道を空けてしまったのです。

「雅子さまー」

先ほどから溜まっていた女の人たちが、声をかけて写真を撮ります。雅子妃殿下は、この季節でも車の窓を下げ、女の人たちと警備の人たちに笑顔を向けて、⑤一瞬で通り過ぎました。白いお洋服で、帽子もちゃんとかぶっておられましたよ。

車が通過すると、またまた見事にあっと言う間に封鎖は解かれ、車が行き交い始めます。

「手慣れてるねー」と、感心するミヤベ。さっきの女の人たちは、また警備の人たちと楽しそうに話をしています。そこへ自転車で通りかかった女の人がいて、

「もうちょっと早く来ればよかった」

「残念でしたね」

なんて言われています。

「江戸城すなわち皇居一周にふさわしいイベントだったんじゃありませんかね」

と、半蔵門を後にしたお徒歩隊でありました。桜田門まで、もうあとひと息です。社会党（現・社会民主党）本部を横目に、憲政記念館でちょっとひと休みしながら、お徒歩隊の話題は桜田門外の変について——であります。憲政記念館は、井伊掃部頭《いいかもんのかみ》の上屋敷《かみやしき》だった場所でありますから。

「古地図で見ても想像できるけど、歩いてみるともっとよくわかりますね。井伊家の屋敷と桜田門て、すごく近いんですよね」

桜田門、正確に言えば外《そと》桜田門は、桝形《ますがた》が完全に残っている珍しい城門のひとつですが、ここと井伊家の屋敷のあいだの距離は、ちょうど現在の営団地下鉄有楽町線の桜田門駅の端から端まで——よりも五割方長いかな、というくらいのものです。江戸時代、登城する大名は、もちろん駕籠《かご》に乗るわけですが、その駕籠は、いつも駆け足で担《かつ》がれたそうです。なんとなれば、何か変事があった時、急ぐために駆け足にすると、すぐにそれと悟られてしまう。で、それを防ぐためにいつも駆け足していたのだそうです。お疲れさまのことですが、だとすると井伊大老の駕籠も走っていたはず

（幕末の世情騒然としていた頃ですから、本当に緊急の用件のために走ることも多かったでしょうが）。そこを襲われたのですから――

「運が悪かったとしか言いようがありませんな」と、ニコライ江木氏。

「逃げられなかったのかな」とミヤベ。

浅学《せんがく》のミヤベでも、「歴史は生き物だな」と思うのは、こういう時です。歴史は自分の意志を持っていて、そちらへ行くために、「ここ！」というポイントで、信じられないような偶然を重ねたり、とんでもないラッキーやアンラッキーを演出したりするものです。井伊大老の暗殺は、文字通り江戸幕府の息の根を止める出来事で、この事変以来、坂道を転がり落ちるようにして幕府は瓦解《がかい》してゆくのですから、この短い距離で命を取られた大老は、ほかの誰でもない、新時代を迎えようとする「歴史」そのものに殺されたのかもしれません。井伊直弼《なおすけ》にとって、この時、桜田門までの距離はとてつもなく遠かったのです。

さて、こうしてお徒歩隊は馬場先門へと帰ってきました。内堀通りの交差点を、来た時とは逆に渡りながら、ふと振り返ると、二重橋のあたりにぼんぼりのようなきれいな灯りが点々とともされ、皇居の森は夕暮れに静かに沈んでおりました。江戸城一周、なかなか楽しく発見の多いコースです。マラソンばかりが一周じゃありません。

気候の良い時期など、どうぞお試しになってみてください。
それで――次回のお徒歩なのですが、皆様待望の（？）「毒婦みゆき」第三弾。どうやらミヤベ、八丈島に流されることになりそうです。乞《こ》うご期待！

※参考文献

『千代田区史跡と観光』（千代田区役所）
『国史大辞典』（吉川弘文館）
『みどころちよだ』（千代田区観光協会）
『江戸切絵図』（新人物往来社）
『幕末人物事件散歩』（人文社）
『江戸城』戸川幸夫（成美堂出版）

注釈
講釈
後日談

其ノ四

①**ドラクエⅥ【どらくえ・しっくす】**ドラゴンクエストⅥのこと。平成七年十二月のこの当時、発売されたばかりでした。飲まず食わず眠らず風呂にも入らずにプレイした皆さんも多かったのでは？

②**遅刻【ちこく】**この対談がどの対談で、相手がどなただったのかということは、ミヤベ、死んでも口を割らないもんね。ちなみに、遅刻の原因となったソフトは『タクティクス・オウガ』でした。タクティクス・ファンの皆さん、ギルバルト・エンディングを見ましたか？

③**『小説吉田学校』【しょうせつ・よしだがっこう】**ピンポーン、お見事。ミヤベさん、正解であります。モリシゲさんでしたよ、吉田茂を演じていたのは。それにしても、そっくり。瓜ふたつ、ですね。映画のスチールを見て、吉田茂がモリシゲさんを演じているのか、と思いましたよ。ところで、ミヤベさんは「会いたい人」という春風亭小朝師匠からの質問に「東条英機、吉田茂、田中角栄」と答えています。その理由として、「演説ではなくて、普通に会話しているとき、どんなふうに話す方だったのか知りたいですね。会ってみたいというよりは、

近くで声を聞いてみたい」(「小説新潮」平成十年二月号より)。

④**猫の王国【ねこ・の・おうこく】**この王国、〝緑道《りょくどう》〟という名前だそうです。千鳥ヶ淵の猫君、猫さんたちは皇居界隈では有名らしく、「本当はいけないことなんですが、近所のひとたちが、餌をあげたり、雨の日には濡れないようにと段ボール箱で家をつくってあげたり面倒をみています。何匹いるか、正確な数字は調べていないから、わかりませんが、二十四はいるでしょうね。飼い猫のように人間を警戒しない、ものおじしない性格になったのは、近所のひとたちの親切とたぶん関係があるんでしょうが、実際のところ、どうしてなんでしょう。猫君や猫さんたちに、直接聞いてもらえませんかね」(千代田区)。

⑤**一瞬【いっしゅん】**左の通り。バッチリ、であります。

其ノ伍

流人暮らしでアロハオエ

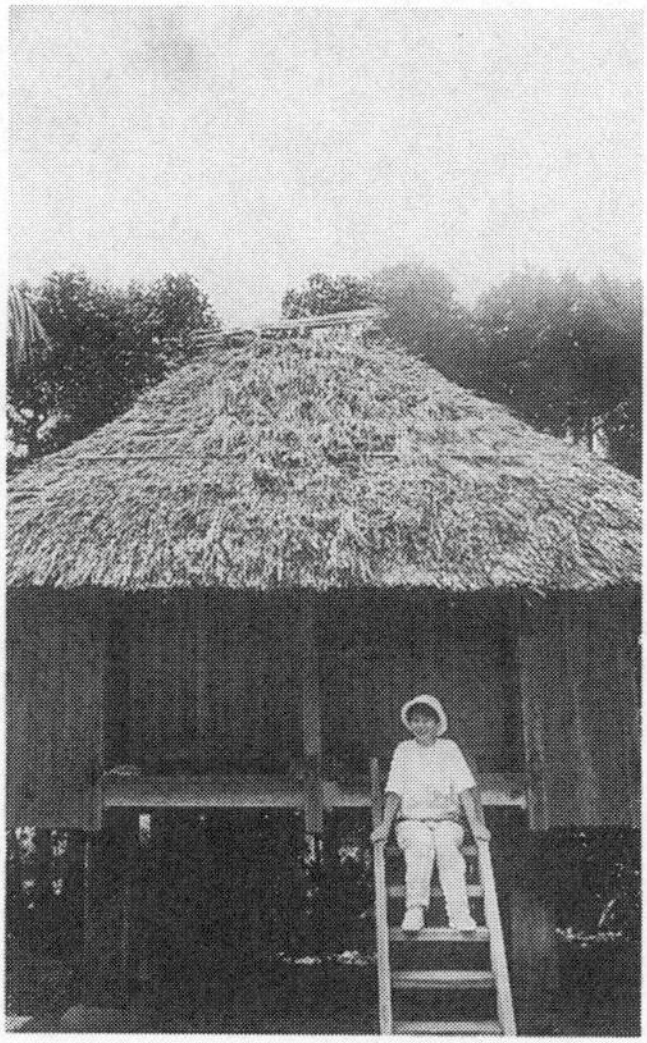

平成八年七月十五、十六、十七日

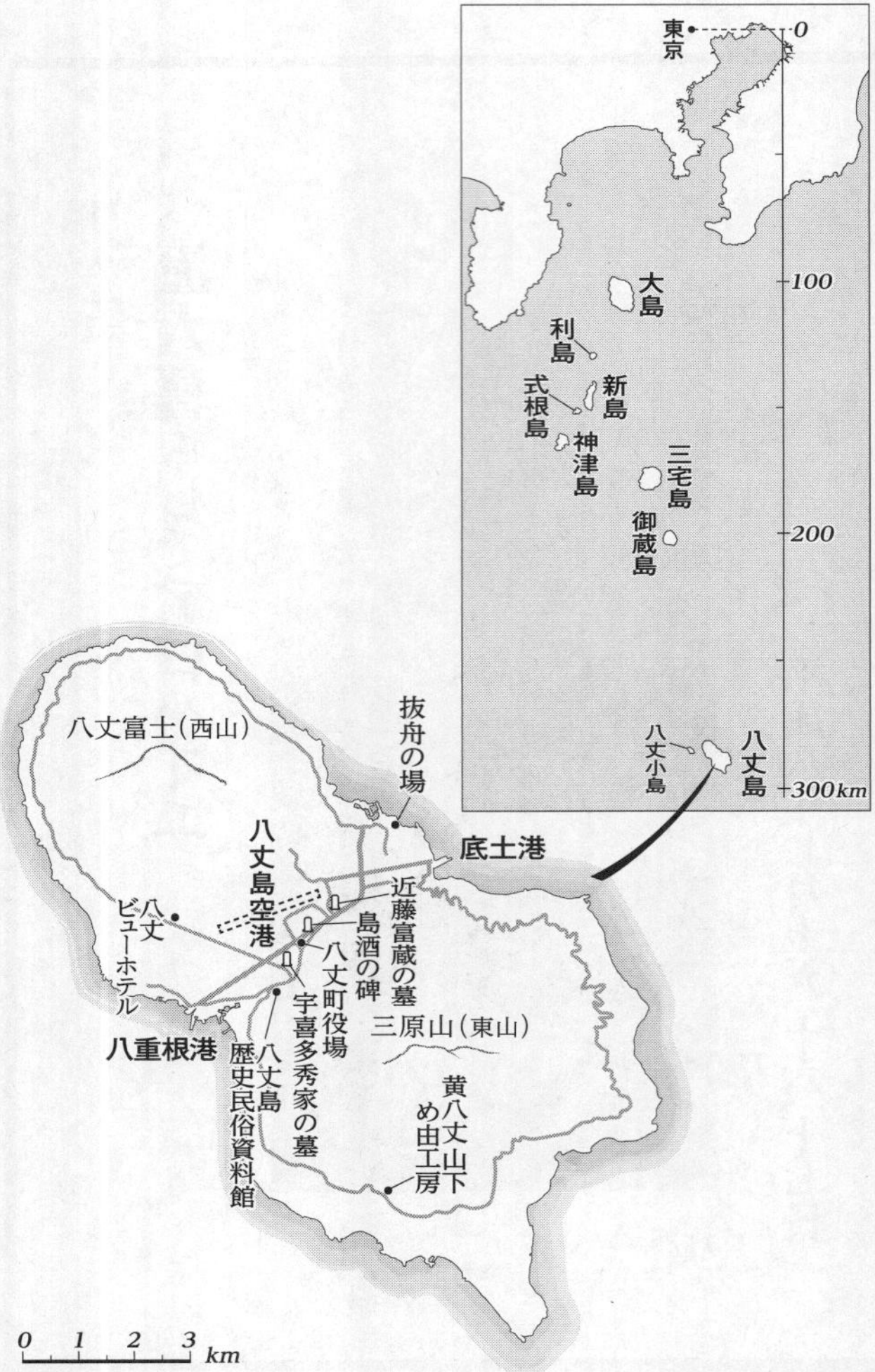

東京
0
100
200
300km
大島
利島
新島
式根島
神津島
三宅島
御蔵島
八丈小島
八丈島
八丈富士(西山)
抜舟の場
底土港
八丈島空港
近藤富蔵の墓
島酒の碑
八丈町役場
宇喜多秀家の墓
八丈ビューホテル
八重根港
八丈島歴史民俗資料館
三原山(東山)
黄八丈山下
め由工房
0 1 2 3 km

今年も暑い夏がやって参りました。皆様お元気にお過ごしでございましょうや。クーラーによる寝冷えと①オリンピック観戦による寝不足に、よもやヨレヨレになってはおられませぬでしょうか。

ミヤベミユキとその一党が、野越え山越えひたすら歩き回る平成お徒歩《かち》日記も、めでたく三年目の夏を迎えました。未《いま》だミヤベの腎臓《じんぞう》結石は消えてなくなっておりませんが（そもそもこれは完治する類《たぐい》の病ではないらしいです）、一党はもろともに元気いっぱい、ひとりの脱落者も出さず除名者もなく反面ダイエットの効果は期待したほどでもなく、今日に至ったわけでございます。

　さて昨年以来、夏期のお徒歩企画では江戸を離れ、冬期には江戸を中心に歩こうというような方針が固まって参りました。となりますと、今夏は地方巡業の番。今度はいったいどこで何をやらされることだろうと、実はミヤベ、年頭早々から恐れおののいておりました。それほどに、昨夏の箱根関所破りはしんどかったのでありますよ。

少々舞台裏をお見せしますと、このお徒歩企画、業界内部でちょっとした評判をとっておりますのです。ま、その評判の大部分というものは、

「あんな大変なことをよくやるもんだ」

もしくは、

「どうせやるなら全部歩き通すべきだ」

という二種類の意見に分かれるのでありまして、どちらに対してもミヤベ一党はただただかしこまり平伏《へいふく》するのみであります。

が、しかし、時折もう一歩踏み込んで、具体的な「提案」が舞い込んでくることもございます。

「神君伊賀越《しんくんいがご》えルートを踏破しましょう」

「秀吉の中国大返しの再現は？」

「どうせなら大山《おおやま》参りですよ、やっぱり」

「後醍醐《ごだいご》天皇の隠岐《おき》からの脱出、これをミヤベさん、身を以《もっ》て体験したらどうです？」

とどめの一発は、これ。

「やはり遣唐使というものが基本ではないかと……」

いつでもどこでも、ミヤベ、具体的提案は大歓迎いたします。しかし、ここでひとつはっきりと申し上げておきたい。この種の大胆不敵提案を持って来られる皆の衆、言い出しっぺは、必ず、我々一党と一緒に行くんですよ。例外はナシ、逃亡は御法度《ごはっと》。

よござんすね？

と、毎回提案を受ける度に心中ひそかにスゴンでいたミヤベでありますが、その脇《わき》で、ミヤベ担当のお徒歩編集者ニコライ江木氏の頭に、ふと閃《ひらめ》くものがありました。

「後醍醐天皇……」と、氏は呟《つぶや》きました。

ミヤベ大狼狽《だいろうばい》。「嫌だよ、小舟で脱出なんてとんでもない！」

「いえいえ、そうじゃないですよ。隠岐じゃないです。そういえば流人《るにん》という手があるなあと思っただけで」

「どこへ流されるの」と、半泣きのミヤベ。「できれば、虫やケモノのいないところがいいな。あと、水洗トイレ②があってコインランドリーがあって温泉があって――」

「八丈島ですよ、八丈島！」ニコライ江木氏、晴れ晴れと申します。「真夏の八丈島ですよ。ニッポンのハワイ！　バカンスにぴったりじゃないですか」

バカンス——お徒歩日記にはかつて登場したことのない概念であります。そう、今回初めて、ミヤベ一党はお徒歩と夏休みとを重ね合わせて考えることができたのでした！

さっそく伝令を飛ばすと、やはり毎度おなじみの文庫のハカセ阿部氏、出版部の庖《ほう》丁人《ちょうにん》中村氏ともに手を打って大喜び。庖丁人中村氏曰《いわ》く、

「僕、お徒歩にあわせて夏休みをとって、女房子供も連れていこうかなあ」

そうしなさいそうしなさい、わーい夏休み！　と浮かれる一党の最後の難関は編集長。ニコライ江木氏おそるおそるお伺いをたてに参りまして、

「編集長も同行すると言ってます！」

「じゃ一緒に夏休み……」

「それじゃ駄目です、ぜえったいに駄目！」

と、声を張り上げるニコライ江木氏。

「編集長向けには、めちゃくちゃハードで緻密《ちみつ》で歴史的学習目的満載の日程表を、僕がつくります。それを見せればテキメン、私は忙しいから東京に残ると言い出すでしょう」

「騙《だま》しきれるかしらん」

「駄目なら、フェリーが東京湾沖に出たところで、私《わたくし》、責任持って甲板から突き落とします」

（ということをニコライ江木氏は申しておりましたよ、編集長）

実際には、編集長うまく騙されてくださいまして、命は助かりました（ああ、よかった）。そして、ミヤベ一党も、七月十五・十六・十七日の二泊三日、夏のバカンスに出発進行！　と相成《あいな》りましてございます。

1　東海汽船で流されて

「八丈島ときいて何を連想しますか？」

百人にこの質問を投げて、

「ああ、江戸時代の流人の島ですね」という答えが返ってくる確率は、はたしてどれくらいのものでありましょうか。これは裏返せば、

「去年スキューバに行ったよ」

「年に二度くらいは釣りに行ってます」

というような回答が、さてどれくらい混じってくるかという問題でもありますね。

東京からフェリーなら船中一泊、飛行機なら四十五分という近場にある亜熱帯のこの島は、現代人にとっては、なんのためらいもなく断言することのできる観光の島、ニコライ江木氏の言うとおり、日本のハワイであります。

ミヤベは、八丈島を訪れるのは今回が初めてなのでありますが、この島がそういう南海の楽園島であるということについては、事前に知識を持っておりました。テレビで見たのです。これが観光番組じゃありませんで、サスペンスドラマの再放送でした。斉藤慶子さんが、なんと！　美貌《びぼう》の女性推理作家を演じていて、しかも悪女で犯人役なのですよ。人をふたりも殺したうえに、三人目を殺そうとして未遂に終わり、お縄になるのですがね、ミヤベも一応、ビボウではないけど女性推理作家であるわけですし、〆切《しめきり》違反で過去数人の担当編集者を半殺しの目に遭わせているという立派な実績もあり、この設定にはいたく心をそそられまして、原稿も書かずに昼からソファにひっくり返り、じっくり観《み》てしまったドラマであります。

斉藤慶子さん演じる女性推理作家は、実にエレガントで美しく、ライフスタイルもお洒落《しゃれ》で、趣味はスキューバダイビング。かなり古いドラマなので、当時としては、これは相当「先端！」という感じの設定でしたでしょう。で、彼女がしばしば潜りに訪れるのが、八丈島の青い海だったのです。

このころは何も知らなかったミヤベは、彼女が島へ飛ぶ際にジェット機でぶん！と行くのに驚き（ＹＳ－11しか飛んでないだろうと思いこんでいたんです、ゴメンナサイ）、宿泊先の植民地スタイルの白亜のホテルに驚き、街路樹のフェニックスの並ぶ白い舗装道路に驚き、うわあ、八丈島ってきれいなんだなあと、ひたすら感動してしまいました。何年も前のドラマのなかに映っている景色がこれなのだから、現在はもっともっと進んでいるのに違いない、こりゃ楽しみだと思いました。その一方で、慶子さん演じる美貌の女性推理作家が、どうみても仕事量の割に生活が豊かすぎるとか、原稿書くときに目が吊《つ》り上がっていないとか、このヒトはゲラ刷りというものをチェックしないのだろうかとか、いちいち突っ込んでいたのですが、ま、それはどうでもいいことです。

　さて、こんなにもリッチな顔を持つ現代の八丈島ですが、ほかでもない八丈島さん自身は、みずからの歴史とアイデンティティについて、どんなふうに考えているのでしょうか。ミヤベはあいにく八丈島言語を解さないのでじきじきの取材はできず、『今明かそう、俺の真実　八丈島熱く語る』などというインタビュー集もありませんが、しかし、有り難いことにここに一冊、『増補四訂　八丈島流人銘々伝《めいめいでん》』という、八丈島をこよなく愛する方々がまとめられた見事な資料本が存在しています。これをひもときますと——

「つまるところは、八丈島の文化は流人の文化ということに帰着するのであって、そういう意味からも、八丈島は流人の島ということになるのである」

という一文があるではありませんか。うーむ、見事な自己定義。

八丈島の文化や産業の育成に助力した流人といえば、ぱっと思いつくのは、宇喜多《うきた》秀家《ひでいえ》と近藤富蔵《こんどうとみぞう》の名前。前者は関ヶ原合戦の西軍の総帥《そうすい》のひとりであり、後者は人殺しをして流罪にされた先のこの島で、『八丈実記《じっき》』という後世にまで残る歴史記録をまとめたという人です。もうひとり、とんでもねえ悪女として『半七《はんしち》捕物帳』にも登場する遊女の大坂屋《おおさかや》花鳥《かちょう》、十五歳で流されてきて持ち前の美貌で流人社会に君臨し、二十三歳のときに同じ流人の情夫と島抜けに成功、しかしその後江戸で捕らわれて、二十七歳で小塚原《こづかっぱら》の刑場の露と消えたという稀代《きたい》の莫連女《ばくれんおんな》がおりますが、彼女については、この『銘々伝』で名前を確認するまでは、てっきり架空の人物だと思いこんでおりました。

この三人の名前を並べてみて、もしもこの人たちが流罪にならず、元の社会にいたままだった場合には、お互いに顔を会わせる機会、もしくはお互いの実績について見聞する機会があっただろうか——と考えてみると、「流人のつくった文化」というものの特殊な豊かさの原点が見えるような気がしてきます。

「流罪」という罰の下し方は、まだまだ世界が広かったころ、未踏破の土地が腐るほどたくさんあった時代にこそ、存在し得たものです。またその時代にはまだ、一般的な暴力犯と、その犯した罪が家庭内や共同体内の葛藤《かっとう》の延長線上にあって、罰よりはむしろカウンセリングが必要な犯罪者と、思想犯と、宇喜多秀家のような政治的敗者と、それらもろもろの「犯罪者」を厳密に区別するという思想が生まれていませんでした。いっしょくたにしてみんな流してしまっていたわけです。当然、流された先には、とりどりの思想的文化的生活背景を持つ人々が集まることになり、元の社会では考えることのできないようなスピードと濃度を併せ持った特殊な文化が花開く——これは、必然とも言えることでしょう。ただし、その特殊な文化を邪魔するものも、大きくふたつ存在しています。ひとつは離島の自然条件であり、もうひとつが、花鳥もそのうちのひとりに分類していいでしょうけれど、真に暴力的破壊的な反社会的犯罪者の存在ということになりましょう。花鳥はホントに怖い女なんですよ、ぶるぶる。

さて、我々一党を八丈島まで運んでくれるのは、小型帆船の流人船ではなく、東海汽船の大型フェリー「すとれちあ丸」でありました（「ストレチア」とは極楽鳥花のこと。八丈島の象徴のような花です）。午後十時半に竹芝桟橋《たけしばさんばし》を離岸、翌朝九時十分に八丈島の底土《そこど》港に入るという予定です。二泊三日の旅程のうち、船中一泊をここで過ごすことになるわけですね。

集合場所は、ゆりかもめの竹芝駅改札口でありました。約束の時刻にミヤベが改札口に行きますと、そこで待っていたのは写真部のカメラマンさぬきうどん土居氏。昨冬の江戸城一周でお徒歩隊に初参加してくれたミヤベ一党最年少の若者であります。実は今回の流人行に、最年長のカメラマンマック田村氏が同行するか、若手のさぬきうどん土居氏が行くかということで、水面下では熾烈《しれつ》な闘いが展開されておりました。結局、古参《こさん》のおじさまマック田村氏に別の予定が入ってしまい、さぬきうどん土居氏が三脚担《かつ》いで二度目のお勤めとなったわけですが、一党のなかでもいちばん真面目《まじめ》なこのさぬきうどん土居氏が、なんとも複雑な笑みを浮かべてミヤベを出迎えてくださったその理由とは――

「あの、皆さんもう集まってます」

「集まってる？　どこに？」

「この先の店でして」さぬきうどん土居氏、さらに屈折した笑みを浮かべつつ、「みんなもう、できあがってます」

竹芝駅近くのレストラン内に、はい、皆さんおりました。一党のニコライ江木氏、ハカセ阿部氏はもちろん、マック田村おじさまも、そのうえなんと編集長までも、生ビールのジョッキを囲んで赤い顔。

「見送りにきましたよお」なんて、ホントかしらんというリラックスぶりであります。

ミヤベが真面目な作家でありますならば、「取材旅行なんですよ！」と一喝《いっかつ》、怖い顔をしてみせるところでありますが、なにしろもうバカンス気分、しかも私事《わたくしごと》ではありますが、七月一日からある長編小説執筆のために超閉鎖的自主缶詰状態③に突入しておりまして、この日は二週間ぶりに娑婆《しゃば》に出てきたところだったものですから――咎《とが》めるどころか、一緒に「キレ」ました。なんかもう、全員で八丈島まで繰り出しかねない勢いでありました。

出航時間が近づいた頃、見送りメンバーとしてもうひとり、庖丁人中村氏が足を運んできてくれました。そうなのですよ、計画段階では出版部代表で一緒に行くはずだった彼なのですが、四月に週刊新潮へ異動してしまい、無念の残留組となったのでした。ちなみに、庖丁人中村氏ひとりだけは、ずっと素面《しらふ》でした。

長旅の客船ではないので、出港・見送り光景もシンプルなもの。ただ、編集長じきじきにテープを投げようと桟橋で頑張っていてくださいましたのに、船がゆらりと岸を離れ始めたとき、肝心のミヤベはトイレに入っておりまして、おりょおりょと慌《あわ》てているうちに岸辺は遠ざかり——失礼いたしました。この夜はどしゃどしゃの雷雨。どこへ行くにも荒天《こうてん》がつきまとうミヤベです。

すとれちあ丸乗組員の方のお話によると、七月中旬では本格的な観光シーズンにはまだ早く、今夜の乗客の数も、オン・シーズンの十分の一ぐらいだそうです。ですから船室もガラガラ。のびのびと乗り込んだミヤベ一党でありますす。しかし、計算違いもございました。

「いろいろな船室をのぞいて見ることができた方が面白いでしょう」

というニコライ江木氏の発案で、この船旅では、すとれちあ丸の特等、特一等、一等、二等の船室を全部ひとつずつ予約し、てんでに泊まり具合を調査してみるということになっていました。一応女人《にょにん》ひとりのミヤベは個室の特等をあてがわれ、あとのお三方は相部屋《あいべや》ということになるわけです。でも、なにしろ乗客数が少ないので、本来ふたり部屋の特一等のニコライ江木氏もひとりきり、四人部屋の一等のハカセ阿部氏も大人しい感じの中年紳士とふたりきり、さぬきうどん土居氏宿泊の二等のいわゆ

る「雑魚寝部屋《ざこね》」も、あっちの隅にひとり、こっちの端にひとりというくらいの空《す》き具合となりました。これがですね、

「可愛《かわい》いギャルたちと相部屋になるかもしれない！」

という、男衆三人の期待から大きくはずれることになったわけですねー。悪いことはできないものですー。ざまあみろですねー。

一同は粛々とニコライ江木氏の特一等の部屋に集い、竹芝桟橋での勢いを引きずりつつお酒を飲み、缶詰明けの喜びにうち震えるミヤベは、売店で買ってもらったモナカアイスを、憑《つ》き物に憑かれたような目をして食する――そのうちに、船は外海へと滑り出て行ったのでありました。

2　八丈ひょっこりひょうたん島

翌朝八時。船窓から差し込む日差しの明るさに、ミヤベはぱちくりと目を覚ましました。

船酔いさえしなければ、船旅はこの世でいちばん贅沢《ぜいたく》で気分のいいもののひとつで

す。飛行機は苦手で大嫌い、やむを得ず乗り込むときはいつも、離着陸の際に数珠《じゅず》を握りしめてお念仏、同行の編集者に、

「縁起でもないことをしないでください！」

と叱《しか》られるわたくしミヤベも、船には非常に強くできておりまして、今まで酔ったことがありません。寝起きの爽快《そうかい》なことといったら、陸では考えられないほどです。

甲板に出ていくと、空と海は互いに競い合うように青々と澄み、進行方向にはすでに八丈島の全景がくっきりと浮かび上がっています。この日の太平洋はほんの少々荒れ気味かなという感じ。紺碧《こんぺき》の海の上に白い三角波が、ときどき、ぴぴっ、ぴぴっと鋭角的にはじけます。これを「うさぎが飛ぶ」と表現するのだそうです。

快適に白波を切って進む我々の立場から、かつて流人船に押し込められた罪人たちが、波間に見え隠れしつつ近づいてくる八丈富士を仰いだときの気持ちを想像するのは至難《しなん》の業《わざ》。お徒歩日記の大きな目的が、江戸の人々が日々感じていたはずの地理的距離感を体感しようというところにある以上、これではいけません。でも今さら、反省して帆船に——というわけにもいかず、うん、やっぱり今回はバカンスだなと思うミヤベをお許しあれ。

そうこうしているうちに、船は港へ。降船のアナウンスがあって、我々も荷物をま

夏だ！　バカンスだ！　お徒歩だ！　青い空、広い海、おいしい空気。よみがえった毒婦は、なんだか、すこぶるリラックス＆“青春”しております。

とめ、乗降船口に集まりました。そこから、だんだんに近づいてくる緑の島をつくづくと眺めているうちに、ミヤベはだんだん不安になって参りました。

確かにこの日は抜けるような上天気なのですが、ちょうどひょっこりひょうたん島のような形をしている八丈島の、両端にある高い山、向かって左の三原山（または東山）と向かって右の八丈富士（または西山）のそれぞれ八合目あたりまでには、申し合わせたように深い白色の霧がかかっているのです。霧の内側はいかにも神秘的かつ気温も低そう。緑のジャングルの上にどわああんと淀《よど》んでいる様には、なにやら不穏なものが感じられます。

こういう光景を、怪獣映画のなかで観た覚えがあるぞ――八丈島が『マタンゴ』の島だったらどうしよう――ギャオスが出てくるならガメラを呼べばいいけど、マタンゴは誰にも退治できないんだよ――などと鳥肌立てておりますと、やはり甲板で島を仰いでいたハカセ阿部氏が言いました。

「キングギドラが出そうですね」

アホな妄想《もうそう》は、同じことを他者の口から聞かされると雲散霧消するものです。ミヤベはがははと笑い、それにしてもハカセ阿部氏は「ひょっこりひょうたん島」の「ハカセ」にそっくりだと改めて感じたのでありました。

底土港を離れた我々は、まず、手荷物を預かってもらうために、今夜の投宿先《とうしゅく》「八丈ビューホテル」に向かいました。さんさんと降り注ぐ陽光の下、タクシーに乗り込んでいざいざ出発。ビューホテルはひょうたん形のくびれ部分の中央あたりに位置しているので、車は島の内側へと進んで行きます。

帰路に我々が乗り込むことになる飛行機が発着する八丈島空港も、やはりこのくびれの部分に造られています。ほかの場所には造りようがなかったのでしょうね。やや大げさにいうと、着陸する飛行機がオーバーランして滑走路を飛び出すと、すぐに海にどぼん——というくらい、くびれの部分の長さをいっぱいいっぱいに使っている空港です。

フェニックスの街路樹、白亜のホテル——ドラマで観たのと同じ光景に、ビボウではないけど女性推理作家のミヤベは大満足。我らが八丈ビューホテルは、オーシャン・ビュウの眺めも素晴らしく、白亜ではない代わりに家庭的雰囲気が溢《あふ》れていて、食事も美味《おい》しく言うことナシ。八丈島特産の冷たいあした葉茶で喉《のど》を潤《うるお》し、さあ遠足に出かけることにしました。

最初に訪れたのは、八丈島歴史民俗資料館であります。かつての役場の建物を利用した建物の外観は、これまた怪獣映画のなかの、南海の孤島でひとり孤独に絶滅した大型生物の研究に打ち込んでいる博士の研究所を思わせる造り。でもなかに足を踏み入れると、気さくな職員の方が、「暑いでしょう」と言いながら、うちわを勧めてくれるのです。

「クーラーがありませんからねえ」

そこで見学者は一様にうちわをぱたぱたしながら展示物を観てまわるというわけで、これはとても楽しい。南国ならではという感じがします。そういえば、途中で見かけた八丈町役場も、空調機の類が一切設置されていないのか、白金色の陽光の下で、窓を全開にしていました。総工費ウン十億円などというたわけた区役所や市役所を建ててしまう自治体の議員サンたちに、爪《つめ》の垢《あか》でも送ってあげてほしいものであります。

歴史民俗資料館の内部は、おおまかに、八丈島の「島」としての地理や植生、生物の生態についての資料を集めたコーナーと、島の産業と生活史を扱ったコーナーと、さらにそのなかの大きな部分としての流人の歴史を扱ったコーナーとに分かれています。考えてみれば当然の話ですが、流人の島は流人ばかりで構成されていたわけではなく、彼らを受け入れる側の島民の生活が、流人以前からそこに存在していたのです。島の大半をふたつの山に占領され、田畑の少ない食糧事情が厳しいところなのに、外《がい》界《かい》から一種無責任に送り込まれてくる「罪人」たちに対して、しかしこの島の人びとは寛大でした。流人がこの地で文化を花咲かせることができたのも、受け入れ側の島民たちの、この温かい心があってこそだったわけです。

江戸期の流人は、江戸からいきなり八丈島へ送られるのではなく、一度三宅島《みやけじま》に降りて、そこで半年から一年をいわば「流人の新人」として過ごし、それから再び八丈へ送られたものなのだそうです。そして、三宅島ではひどく虐《いじ》められ、悲惨な暮らしを強いられた流人たちは、八丈に着くと、そこでの扱われ方がはるかに優しく人間的なので、極楽のようだと感謝したのだそうです。まあこれは、疑り深い推理作家のミヤベとしては、④三宅島側の言い分も聞いてみてあげたいなと思うところではあるのですがね。

伊豆《いず》諸島が流刑の地として認識されてきた歴史は古く、源為朝《みなもとのためとも》が大島に流されたというのは史上有名な話です。ただ、コンスタントに流人が送られるようになったのは江戸期、それも五代将軍綱吉《つなよし》のころ以降の話です。さらに時代が下がって寛政のころには、伊豆諸島のなかでも南方の三宅島・新島・八丈島の三つに限り、流罪地と定められました。それより北方の島々は、海路が開けてしまったが故《ゆえ》に、流刑地としては用をなさなくなってしまったのです。この三島への流刑は、制度としては明治四年まで続きましたが、幕末期には、流人たちはもっぱら蝦夷地《えぞち》へ送られていました。黒船来航などで、伊豆諸島付近の海が騒然としてきたからであります。

こうして見ると、例外的な為朝を除くと流人の代表選手のように感じられる宇喜多秀家は、やけに早く八丈に流されたなという感じがしてきます。彼はまだ戦国期の、徳川幕府黎明《れいめい》時代の人ですよね。それだけ、体制側から煙たがられたということでしょうか。宇喜多秀家はこの島での逸話《いつわ》も多く、我々が歴史民俗資料館の次に見学に行った彼のお墓は、「宇喜多」「浮田」の姓が刻み込まれたたくさんのほかのお墓に囲まれていました。戦国期を終結させた徳川家康は、政治家としては立派な人物だったと思いますが、徳川政権に対抗しそうな勢力を圧殺する彼のやり口は、あまり正視できるものでもなく、それを思うと、こういう形で名前と子孫をこの地に残した宇喜多秀家は、幸せだったと言える一面もあったんじゃないかなとミヤベは思います。もちろん、生活は本当に厳しかったことでしょうけれども。

続いて見学に行った近藤富蔵のお墓は、とにかくだだっ広い墓地のなかに、はっきりと目立つ案内板もないままに存在しているので、探すのに大汗をかいてしまいました。それと、これは南国だなあと実感したのは、お墓がにぎやかで明るいこと。供えられている花々の色がヴィヴィッドなので、やたら陽気な墓地になってしまうのです。

足取り軽く、のほほんとお徒歩する流人の新人さん。

お墓買うなら八丈島かなあと、ミヤベは思ったことであります。

途中で道が判《わか》らなくなり、道筋のガソリンスタンドの店員さんに尋ねると、店員さんもよく判らない。するとお居合わせたお客さんが、「どこ行くの？　説明するより早いから乗せてってやるよ」とおっしゃるひとコマもあり、ホントにのんびりして気持ちのいい島の人びとであります。それとなく強調しておきますが、そうなんですよ、この遠足の間は、我々ちゃんとお徒歩していたのです。

⑤八丈島名物の「あそこ寿司」でお昼を済ませ、元気を取り戻した我々は、午後の日程で島の南側へ。なかでもミヤベはいちばん元気。なぜならば、目的地が黄八丈《きはちじょう》の染元であるからです。

八丈島へ行ったら黄八丈の反物《たんもの》を買ってこようではないか——この思いは、すとれちあ丸の船室に居るときからミヤベの心を騒がせておりました。本場の品をじっくりと鑑賞し、染元さんのお話も伺い、お勧めの品を抱いて東京へ帰るのだと、ひとりわくわくどきどきしていました。日頃ロクな洋服を着ておらず、どこへでもズボンに運動靴で出かけ、道ばたのイラン人さんから買い物をしては先輩諸氏や大沢オフィスのマネージャーさんに叱られているミヤベでありますが、着物だけはね、着物にはちょっとウルサイのよ。ですから、粋《いき》な黄八丈の縞《しま》の着物はどうしても欲しいアイテムなのでした。

訪れた黄八丈山下め由《ゆ》工房は、天井の高い木造平屋の室内に、ざっと十台ばかりの織機――これを「高機《たかばた》」と呼びます――を据えて、数人の女の人たちが仕事の最中でした。奥の一角には糸繰り機が据えられ、機械には淡い黄色の絹糸が巻き付けられたままになっています。即売のショウケースも仰々しいものではなく、反物からネクタイ、黄八丈を使った財布や印鑑入れのような小物まで、なんのてらいもなくシンプルに並べて見せているのでした。

ミヤベはじっくりと品物と値札を検討。いやまだ早い、もう一日考えてから買おうと、一旦《いったん》は引き上げることにしました。ここでさぬきうどん土居氏はちょっと可愛い黄八丈の小物を購入。お土産《みやげ》ですね、感心、感心。

ホテルへの帰り道、通称「抜舟《ぬけふね》の場」という浜に立ち寄りました。流人たちが島を脱出しようとする際に使われた浜辺ですが、浜というよりはかなりの磯《いそ》でして、ここから舟を出すのは大変な難行だったろうと思われます。事実、舟を出した記録は十五回あれど、成功例はたったの一つ。これがあの花鳥たちです。わたしたちは一般に「島抜け」と言いますが、島では「抜舟」と呼ぶのですね。

続いて、「島酒の碑」という面白いものに遭遇。独特の芳香を放つ島特産の芋焼《いもじょう》酎《ちゅう》の製法を伝えた流人、丹宗庄右衛門《たんそうしょうえもん》を記念して建てられたというこの碑は、これもまた島独特の建築風俗である、玉石を積み重ねた「玉石垣」の上に、大きな焼酎の瓶《かめ》をのせた形をしています。そのうえ、すぐ左隣に、「魚の碑」というものが並んで立っているのです。タイヤキみたいな形の魚のオブジェが、やはり玉石垣の上にのせられているのですが、海の恵みに感謝するこの碑、どうしても「肴《さかな》の碑」と読めてしまい、つまりこれで「酒と肴」が左右に揃《そろ》ったというわけです。この種の碑を眺めて楽しい気分になるというのはめったにないことで、藪蚊《やぶか》にくわれつつも⑥パチパチと写真を撮った我々でした。ただいまと戻ったホテルでは、海の幸が待ち受けていてくれて、ここでホントに「酒と肴」。ビューホテルの皆様、ごちそうさまでした。美味しかったです。

3　ミヤベの「買っちゃった踊り」

さて、一夜明けて――

ミヤベの頭のなかはまだ黄八丈状態でありました。昨日の日焼けもなんのその、藪蚊にくわれたところをぽりぽりかきつつ、思案投げ首。

「買いましょ、ぱっと買いましょ」と、煽《あお》るのがハカセ阿部氏であります。

「阿部さんは買わないの？」

「僕は反物買っていっても、プレゼントするあてが無いですよ」

関係各位に念のため申し上げますと、ハカセ阿部氏独身、つい最近マンションを購入、高給優遇、得意な料理はカレー、お風呂《ふろ》のカビとりも上手と、⑦結婚の準備は整っております。

「あてができたときのために備えて……」

「でも、その『あて』が着物を着る人かどうか判らないでしょ」

大枚の買い物を独りでするのが不安なミヤベ、誰かを引きずり込もうと試みます。ここはやっぱり、四人のなかで唯《ただ》ひとりの所帯持ちのニコライ江木氏だぁということで、ターゲットを定めました。

「江木さん江木さん、奥さんに黄八丈の反物お土産に買っていきなよ」

「うちの家内は着物を着ないですから」

「だけどさ、もうすぐ必要になるよ。お宮参りで」

ニコライ江木氏の奥様は現在身重なのです。元気な⑧赤ちゃんの誕生を待つばかり。

お母さん似の赤ちゃんだといいなあと、ミヤベは思っとります。

「お宮参りの着物は、付下げとか紋付きとかいうんじゃないんですか。黄八丈じゃ駄目ですよ」

このごろはいくらか見直されてきた習慣ですが、大島や黄八丈などの着物は、あくまでも普段着なので、正式な場所にはふさわしくないと言われているのです。ミヤベは泥大島とか更紗《さらさ》とか大好きで、何処《どこ》へでも着て行っちゃうんですけどもね。

「そんなこと言わないでひとつ買っていきなよぉ」

「なにを営業やってるんですか」

この日訪ねたもうひとつの織元では、高機を据えてある仕事場まで通して、制作途中の反物も見せてくださいました。ご主人のお話では、この黄八丈の織り手も年々数が減っており、特に、島出身の若い女性たちの手が足りないのだということでした。

「ここで織り子をしている人たちも、むしろ外から来た人の方が多いんですよ。島にお嫁に来て、それから織り子になるんです」

ミヤベもやってみたいなあと思いました。高機の前に座らせてもらって、記念写真を一枚パチリ。そうしているあいだにも、頭はふわふわと反物のことを考えています。

「島の風習では、若い者が結婚するとき、黄八丈のカバーをつけた布団《ふとん》とか、黄八丈で仕立てた綿入れとかを、親が用意して新婚夫婦に持たせたものなんです」

「ほら江木さん、赤ちゃんのために黄八丈の布団」

　すると織元のご主人は笑って、

「いえいえ、黄八丈の布団は、日常に使えるものじゃありませんよ」

「そら見なさい。それでミヤベさん、買うんですか買わないんですか、早く決めてくださいよ」

　さんざん迷った挙げ句、とうとう一反買い求めました。黄色と灰色の縞が粋な、渋い柄です。あまりの嬉《うれ》しさに、その場でひとしきり[9]「買っちゃった踊り」を舞うミヤベ。さぬきうどん土居氏は写真撮らなかったと思いますが、もしも撮ってたらネガごと没収いたします。興味のある方のために申し添えますと、東京の呉服屋さんで買うよりも、平均して十万から十五万円ほど安いそうです。飛行機代を引いても、お得ですよ。本場ですもの、八丈島へ行ったら黄八丈を買いましょうよね。

　まるっきりバカンスしてしまった今回の旅。我ら一同、次の機会には斬首《ざんしゅ》覚悟ということで遊んで参りました。この冬のお徒歩は、さだめし、格別過酷なスケジュールになることでしょう。でもいいんだ、黄八丈を買えたから。

喜びに浮かれつつ、仕立て代が大変だと思うミヤベ。次にお目にかかるときには、着物もできあがっていることでしょう。

では、再見《ツァイチェン》！

※参考文献

『増補四訂　八丈島流人銘々伝』葛西重雄・吉田貫三（第一書房）

注釈
講釈
後日談

其ノ伍

①**オリンピック観戦**【おりんぴっく・かんせん】アトランタ・オリンピックのこと。アメリカ南部のアトランタと日本の時差は、十三時間。昼と夜がひっくり返っています。

②**水洗トイレ**【すいせん・といれ】柄にもなくお上品ぶっているわけではないのですが、以前、某所の某神社に取材に行った際、落とし式トイレの便座がとっても大きく、あやうく足を踏み外して落下しそうになったことがありまして……。同行していた編集者に、素手で救助はできないから、次からは命綱を着けてくださいと懇願されました。

③**自主缶詰**【じしゅ・かんづめ】自分の机を離れると一行も書けないという難儀な体質なので、ミヤベは今までホテルなどで缶詰になった経験が一度もありません。リッチな感じがするので憧れてるんですが、仕事が進まないのじゃ意味ないですもんね。ここで言っている〝自主缶詰〟というのは、半月なら半月のあいだ、特定の仕事だけするために仕事場にこもって、電話もぜんぶ大沢オフィスの方に回してもらうという、とても簡便な方式のことです。近年の長編作品の仕上げの部分は、ほとんどすべて、この方式で集中的に書きました。だけど家にこもりっきりだと退屈なので、結局自分からあっちこっちへ電話をかけたり出歩いたりしちゃうんですよ。「自主缶詰のはずなのに、どうして新作映画の話をしてるんで

すか?」と突っ込まれ、バレバレになったことも……。

④三宅島側の言い分【みやけじまがわ・の・いいぶん】「それは、三宅島の名誉にかかわることですね。ちゃんとお調べし、お答えいたします」(三宅支庁)。数日後、廣瀬芳さん(三宅村立阿古中学の教頭先生)から、資料(『伊豆七島流人史』大隅三好著・雄山閣)のコピーを添えて、お便りをいただきました。それによりますと、八丈島の流人が三宅島で〝途中下車〟、〝長期滞在〟となったのは、まずいったん必ず三宅島の島守に引き渡す決まりになっていたこと、また海がしけるため、三宅島から八丈島へ渡れる日は良くて月に三日、たとえ荒波を乗り切り八丈島に近づけたとしても、舟を乗り入れるのが困難だったから、とか。三宅島は自分たちの抱える流人の世話だけで手一杯なのに、いずれ島から出て行く、またいつ出て行くか(出て行けるか)わからない、よその流人には、どうしても〝よそよそしく〟、八丈島行きの流人もすすんで三宅島のムラ社会に溶け込もうとしなかったそうです。「たしかに八丈島行きの流人にとって三宅島での滞在はつらいものがあったようですが、資料の通り、三宅島の住民の質や行動に問題があったというより、システム自体に問題があったように思います」(廣瀬さん)。廣瀬さん、どうもありがとうございます。

⑤あそこ寿司【あそこ・ずし】この店の絶品は、太刀魚のヅケ(醤油づけ)であります。

⑥パチパチと写真【ぱちぱち・と・しゃしん】

⑦結婚の準備【けっこん・の・じゅんび】ハカセ阿部氏、「お徒歩日記」のシリーズ終了前に、めでたく妻帯者となられました。実は、氏は生涯の伴侶を得たとほとんど同時に新潮社を離れ、新しい人生へと船出したのですが、結局移籍先でもすぐにミヤベの本をつくることになってしまったという気の毒なヒトであります。まことこの世は、因果はめぐる糸車。

⑧赤ちゃんの誕生【あかちゃん・の・たんじょう】このお徒歩から五カ月後、ニコライ江木家には、めでたくもお世継ぎサマが誕生しました。男の子でありました。また、めでたくもお母さんに似ているとの由。よかった、よかった。

⑨買っちゃった踊り【かっちゃった・おどり】心優しきカメラマン、さぬきうどん土居はシャッターを切らなかったため、ニコライ江木が、ご説明いたします。

逡巡すること一時間余。ようやくお買い上げになったミヤベ先生、同行者の制止を聞かず、店員さんの困惑もものともせず、「買っちゃった！　買っちゃった——」と連呼し、摩訶不思議なダンスを舞われました。その踊りたるや……きっと出自も由緒もさだかならぬものにて、強いて申し上げるならコサックダンスと阿波踊りとランバダを足して三で割ったようなものでした。

其ノ六

七不思議で七転八倒

平成九年五月十三日

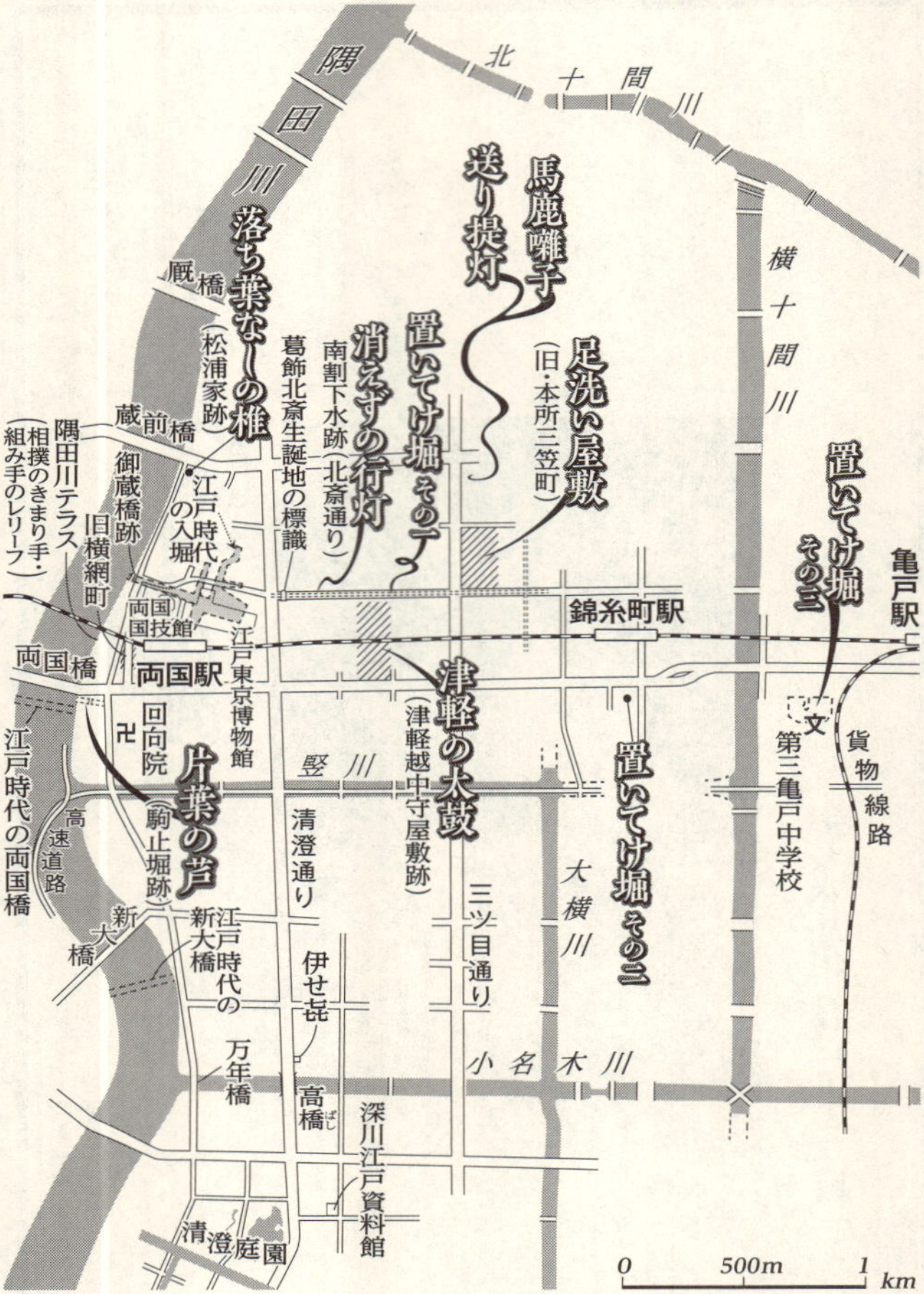

隅田川
北十間川
横十間川
馬鹿囃子
送り提灯
落ち葉なしの椎
（松浦家跡）
厩橋
足洗い屋敷
（旧・本所三笠町）
置いてけ堀 その一
消えずの行灯
南割下水跡（北斎通り）
葛飾北斎生誕地の標識
置いてけ堀 その三
亀戸駅
蔵前橋
隅田川テラス
（相撲のきまり手・組み手のレリーフ）
御蔵橋跡
江戸時代の入堀
旧横網町
両国国技館
両国橋
両国駅
江戸東京博物館
錦糸町駅
津軽の太鼓
（津軽越中守屋敷跡）
置いてけ堀 その二
文
第三亀戸中学校
貨物線路
回向院
卍
片葉の芦
（駒止堀跡）
竪川
清澄通り
三ツ目通り
大横川
江戸時代の両国橋
高速道路
新大橋
江戸時代の新大橋
伊せ喜
小名木川
万年橋
高橋《ばし》
深川江戸資料館
清澄庭園
0
500m
1 km

皆々さま、お久しぶりでございます。①いろいろと不可解で恐ろしく、怒りや不安ばかりを募らせる出来事の多い昨今でありますが、ご健勝にお過ごしであらあらあらせられますか。

　この口上《こうじょう》を目にし、

「あれ、おかしいな、今はお徒歩《かち》日記の季節じゃないでしょう」

　あるいは、

「そういえば、今年の正月明けの小説新潮に、毎度オチャラカシのお徒歩日記が載ってなかったな……」

　と思うアナタはお徒歩の通！

一年に二度、猛暑と寒波の時期ばかりを選んで、ミヤベミユキとその新潮社担当一行が泣き泣き全国を彷徨《ほうこう》するというご無体《むたい》な企画も、今年で四年目に突入したのでありますが、その記念すべき四年目のとっ始め、本年一月のお徒歩日記が、ほかでもないミヤベの急病のためにフッ飛んでしまったのであります。

「アンタもよく病気する人だねえ……」

と嘆息したアナタは、実に記憶力の優れた方です。そう、そもそもお徒歩日記の企画は、歩いて歩いて歩き回ってミヤベの腎臓《じんぞう》結石を治そう！　という意図の下に始まったのでした（そうじゃない！　という声も聞こえてきますが無視します）。

ご説明いたしますと、忘れもしない昨年十月の中旬、いきなり高熱を発し咳《せき》の発作が始まり、頭はもう割れるよう。季節はずれのインフルエンザかと思いきや、お医者さまの診断によると「マイコプラズマ肺炎」という代物《しろもの》である由《よし》。

「肺炎！」

認識した途端になおさら症状が重くなったように感じられましたでございますよ。まあ、診断がつけば、あとは安静にして投薬を受けるだけなのでありますが、ミヤベにはアレルギーがあって使うことのできない抗生物質があったりして、結局一ヵ月ほど療養を余儀なくされ、それでも咳と微熱の後遺症がしつこくしつこく正月明けまで続く——という次第でありました。本当の健康体に戻れたのは、梅の花を見る頃になってからのことです。いやあ、感染性の病気はまことにまことに手強《てごわ》いものです。

ところでこの「マイコプラズマ症」なるもの、別名を「オリンピック病」とも呼ばれており、どういうわけか四年に一度、オリンピックの開催される年に大流行するというクセを持っているのだそうです。そのせいかどうかはいざ知らず、年明けにはナント、ミヤベの仲良し作家の北村薫さんがこの流行病《はやりやまい》にかかってしまわれました。

幸い、ミヤベよりも行い正しい北村さんの健康回復は比較的早く、二月十日には一緒に新潮社の文化講演会でトークショウもやらせていただいたのですが、当時の北村さんとミヤベのあいだでは、

「北村さんのマイコちゃんは、近頃はいい子にしてますか？」

「ミヤベさんのマイコちゃんはまだ暴れているようですねえ」

という会話が頻繁《ひんぱん》に交わされていたのであります。

さて。こんな次第で、結局決行することのできなかった今年正月明けのお徒歩が、夏場の今の時期にまでズレこんでしまったわけでありますが、計画自体は昨年暮れ、ミヤベがまだゴホゴホやっているうちに、担当ニコライ江木氏と相談してつくりあげてありました。オニのニコライ江木氏にも仏心《ほとけごころ》まるで無きわけにはあらず（オニはおまえの方だぁ！　と本人は編集部で叫んでいるようですが無視しましょう）、

「病後のお徒歩ですから、なるべく楽なコースにしましょう」

とのご提案があり、さすれば——と決まったのが、今回の企画です。題して、本所《ほんじょ》七不思議の今と昔。

（断じてミヤベの本の宣伝をもくろんでるわけじゃありませんよ、『本所深川ふしぎ草紙』なんてタイトル公言してないでしょ？　親本は新人物往来社で、新潮文庫にも入ってますからヨロシクなんて、どこにも書いてないでしょ？）

でも、親本も文庫もそれぞれに装丁が素敵なので、ぜひ見てみてくださいね。

では、出発！

1　そも本所七不思議とは何ぞや

どこそこの七不思議、なんとかの七不思議と、ある場所や地域、建物や人物にまつわる謎《なぞ》めいた事実を集めたり創作したりして語り伝える——という習慣を、わたしたち日本人は、いつどこで獲得したのでしょうか。ひょっとするとこれが、「物語をつくり、それを周りの人たちに語って聞かせる」という事の原始的な形のひとつだったかもしれません。縄文人の家族が、わたしらが瓶《かめ》をつくるための土を集めるあの山には不思議なことが七つあってな——などと話し合っていたかと想像すると、ちょっと面白いですよね。

語られることによって伝えられるという伝承の常《つね》で、本所七不思議にも確《かく》たる「定説」はありません。成立時期もはっきりとは特定できません。墨田区区長室発行の『すみだむかしばなし』によりますと、東京にある七不思議の成立時期は江戸末期と見て間違いないそうですが、もちろんこれとて江戸末期のある日に突然「成立！」と産声《うぶごえ》をあげたという意味ではないですね。未定型の噂話《うわさばなし》としては、もっともっと早い時期から流布《るふ》していたと考えていいでしょう。

七不思議の内容そのものも、聞き伝え語り伝えられていくあいだに「七つ」の内容が入れ替わったり、重複《ちょうふく》してしまったりしています。そこでここでは、ミヤベが「本所七不思議」として意識していた七つをあげてみます。

『置いてけ堀』

本所のとある堀で釣りをすると、それはそれはたくさん魚が釣れるのですが、釣果《ちょうか》を得てさあ帰ろうとすると、堀の底の方から「置いていけ……置いていけ……」と呼びかける声が聞こえてくる。ぎょっとして足がすくんでしまい、逃げようとしても滑ったり転んだり。ほうほうのていでやっと逃げだし、ふと気がつくと魚籠《びく》の中身は空っぽ——というお話です。おそらく、本所七不思議のなかで最もよく知られたお話で、昔、「まんが日本むかしばなし」のなかで、この話と小泉八雲の『むじな』を組み合わせたなかなか怖い一話が放映されたことがあったくらいです。

ところで、「ヤダ、あたしだけ置いてけぼりにしないでよ！」などというときの「置いてけぼり」の語源も、たぶんここにあるのでしょう。ということは、この手の「置いてけ」話のいろいろなバリエーションは、本所だけでなく、日本中に存在しているのではないでしょうか。

『馬鹿囃子《ばかばやし》』

秋（他の説では冬枯れの頃）の夜、どこからともなく祭のお囃子の音やにぎやかな人声が風に乗って聞こえてくる。どこから聞こえてくるのかと確かめようと外に出て、お囃子の音を追いかけてゆくと、追えば追うほどに音は遠くなってゆき、あたかも追跡するものをからかうかのよう。そして、とうとうあきらめてふと気がつくと、とんでもない時刻になっており、とんでもない場所にまで来てしまっている。

なおこの話を『狸《たぬき》囃子』と呼び、要するに狸にばかされたのだと結んでいるバージヨンもあります。余談ですが、ミヤベが子供の頃に、父から教えてもらった限りでは、キツネはお稲荷《いなり》さんの遣《つか》い魔をするくらいに頭がいいから、人間を騙《だま》して遠くへ連れ出すときにも、騙した人間の手を引いて行く。だから危険な場所には行かない。だけどタヌキはおバカなので、騙した人の後ろから背中を押して連れてゆくので、危ない場所に行ってしまうということです。タヌキ君の弁明や如何《いか》に。

『送り提灯《ちょうちん》』

本所あたりで夜更《よふ》けにひとりで外を歩いていると、遥《はる》か前方にぽつんと提灯の明かりが見える。誰か人がいるんだろうと思って気にせず歩いてゆくと、どこまで行っても同じくらい先にその提灯の明かりが見える。あたかも自分を送ってくれているようだが、追いつこうと足を早めても追いつけず、提灯を持っているものの正体も判《わか》らず、なんとも薄気味悪いなぁというお話。しかし現代だと、ひとり暮らしの女子大生やOLの皆さんには心強いエスコート提灯に——なりませんかね。

『落ち葉なしの椎《しい》』

隅田川（当時では大川ですね）沿いにあった松浦家という武家屋敷の庭に大きな椎

の木があったが、この木はどんなときでも一枚の葉も落としたことがないという奇妙な木であった。それで松浦家のこの屋敷はすっかり有名になり、「椎の木屋敷」と呼ばれるようになりました――というお話。

椎の木は落葉樹ではないので、もともと落葉は少ないのですが、「どんなときでも、一枚も葉が落ちない」というところがこの話のミソでしょう。

『足洗い屋敷』

本所三笠町《みかさちょう》（現在の墨田区亀沢町《かめざわちょう》あたり）の旗本屋敷で、毎夜丑三《うしみ》つ時《どき》になると、屋敷全体がミシミシと家鳴りし、やがて天井を破って巨大な足が突き出してくる。この足がひどく汚れており、天井の上の方から、「洗え、洗え」と命じる声が聞こえてくる。言われたとおりにきれいに洗ってやると、足はおとなしく引っ込むが、翌日の丑三つ時になるとまた同じことが起こる。困り果てたこの旗本が屋敷替えをすると、この怪現象はぴたりとおさまった――とのこと。

ミヤベが耳で伝え聞いたこの話の別バージョンでは舞台は商家で、洗え洗えと天井を破ってくる足が現れなくなったら、家運が傾いて一家離散してしまったというオチがついていました。どうやら「座敷わらし」の話とごっちゃになっちゃってるみたいですが、これが口承《こうしょう》説話の面白いところです。

『消えずの行灯《あんどん》』

本所南割下水《みなみわりげすい》のあたり（現在の錦糸町《きんしちょう》駅北側）に夜鳴きそばの屋台が出ているのだが、ごく当たり前の屋台でありながら、いつ行っても誰もおらず、明かりだけが煌々《こうこう》と点《つ》いていて、油切れもしないのかいっこうに消える気配もない。不思議だ――というだけの、わりとツマンナイ話。別口に、誰もいない屋台で明かりも消えているので、通りかかった親切な人が明かりを点けてやるのだが、点けても点けても消えてしまい、せっかく親切に火を点けてあげたその通行人の家には、必ず災《わざわ》いが降りかかるという、恩知らずバージョンとも言うべき話もあります。それとも、触らぬ神に祟《たた》りなしバージョンというべきかな。

ちなみに、ミヤベが「消えない行灯タイプの話は、江戸時代にすでにフリーエネルギーが開発されていた証拠だ！」と言い出しますと、トンデモナイ奴《やつ》として小説新潮の編集部で百敲《ひゃくたた》きになるわけであります。

『片葉の芦《あし》』

大川にかかる大橋（現在の両国橋のことですが、かかっている位置は違います）の北側に駒止堀《こまどめぼり》という小さな堀があった。この堀の岸に生える芦は、どういうわけか葉が茎の片側にしか出ておらず、不思議であった――というお話。ミヤベが知っているのはここまでなのですが、前述の『すみだむかしばなし』には、[2]なぜ片葉の芦になったかという理由として、因縁話《いんねんばなし》が添えられています。

その昔、横網《よこあみ》に（この地名は現在も残っています）留蔵というならず者がいて、三笠町のお駒という娘に惚《ほ》れていた。しかしお駒は彼になびかず、怒った留蔵は可愛《かわい》さ余ってにくさ百倍、お駒を殺し、手足をバラバラにして駒止堀に投げ込んだ。以来、ここに生える芦はみんな片葉になってしまった。

ミヤベの持っている本所深川切絵図にもこの駒止堀は記載されており、そのそばに小さく「片バ堀」と書いてあります。

『津軽の太鼓』

几帳面《きちょうめん》な方は、「あれ、これで八つ目の話だよ」と気づかれるでしょう。そのとおりでして、この『津軽の太鼓』というお話は、『足洗い屋敷』や『落ち葉なしの椎』と入れ替わって七不思議に数えあげられることのある、言ってみれば代打の話です。

そのせいか地味な内容で、南割下水南側にあった津軽越中守《えっちゅうのかみ》のお屋敷では、火の見《み》櫓《やぐら》で板木《ばんぎ》（木の板を叩《たた》いて大きな音を出し、急を知らせる仕掛け）を使わず、太鼓をぶら下げて使用していた。大名屋敷はみな板木を使うものなのに、津軽さまだけは不思議なことよ――というだけのお話。

　お殿様が太鼓好きだったんじゃないのかな？

　そういう単純な説は駄目かしら。

　と、七プラス一の話を並べてみました。皆さんのお住まいの土地や地域の七不思議と比べてみるのも一興だと思いますよ。

　さて、今回のお徒歩隊は、これらのエピソードの舞台となった場所を回って歩いたわけですが、最初に白状しておきますと、これらをぐるっと回っても、距離にするとほんの数キロ。感じとしては、ＪＲ線の両国駅から錦糸町駅を通って亀戸《かめいど》駅の手前まで行く――というぐらいの道のりなのです。ニコライ江木氏が計画立案時に「ミヤベさん病後だから」と言ったのも、このためであります。

　お徒歩実施は、五月の十三日でした。風薫《かお》る五月であります。おお、麗《うるわ》しの五月！　今までクソ暑い七月や木枯らし吹きまくりの十二月に歩き回っていたお徒歩隊に、恵みのさわやかな季節が訪れたのです！　しかも近距離とあって、一同お気楽極楽《ごくらく》遠足気分。ま、楽勝よ！　なんて言って当日集合しましたら——

雨だったんだよ、これが。

2　お徒歩隊新編成

「傘は役に立たないですね」

「雨合羽《あまがっぱ》がいるね、この風雨じゃ」

「今まで、暑かったり寒かったりしたけど、雨だけは降られたこと無かったよね、お徒歩のとき」

本所回向院《えこういん》横のデニーズに集合したお徒歩隊は、窓の外をながめながら陰気な顔で会話しておりました。

「この雨、誰のせい？」

醜い罪のなすりあいに、ギセイシャとなったのは今回初参加のおふたり。文庫の長谷川さんと出版部の田中さん。ふたりとも、人事異動でミヤベの担当となり、お徒歩に苦力《クーリー》部隊として召集されることになってしまったフシアワセな若者たちであります。

お徒歩隊結成時から活躍してくれた前出版部担当の庖丁人《ほうちょうにん》中村氏は週刊新潮に異動、文庫担当のハカセ阿部氏は他の会社に転職。ついに、ミヤベの放った乱波《らっぱ》は他社にまで進出したのであります！（と言いふらしていたらニコライ江木氏に後ろからナグられました。編集長、ニコライ江木氏もそろそろ異動したいそうです）

実を言えば、雨は新参《しんざん》のおふたりのせいではない。ミヤベこそが大雨女《おおあめおんな》なのであります。これはミステリー界では有名なジンクスなのです。しかしミヤベ、黙ってランチを食して何も知らんもんねという顔をしておりました。

「でも、七不思議という魔について取材するんだから、荒天《こうてん》でも仕方ないかもしれないよ」と、言っているニコライ江木氏。この春、一児のパパになったので、ちょっとおとなびてきた氏であります。

「しかしこうなると、効率的に回る必要がありますね」と、③最年少の長谷川さん。日頃ミヤベとは仕事そっちのけでテレビゲームの話で盛り上がっている氏でありますが、初参加に張り切っております。

「東から西に向かうか、西から東に向かうかということですね」と言うのは④出版部の田中さん。

「どっちでもいいんだけど……今さ、両国駅の構内がビヤホールになってるって知ってる?」

「え、ホントですか?」

「地ビールが飲めるんだよ」

「そうすると、ゴールは両国駅にしたいですねえ!」

「もっと亀戸寄りに集合すりゃよかったな」

「でも、全体に大した距離じゃないからさ、隅田川近くの『片葉の芦』から出発して、亀戸の『置いてけ堀』まで行って、そこから引き返してきて両国でゴールはどう?」

「そうすると、お徒歩の面目が立つくらいの距離を歩くことにもなりますよね」

「地ビールか、いいなあ!」

「編集長には内緒でさ」

ここでランチを食し終えたミヤベがふと外を見ると、雨が止《や》んでいました。

「あ、止んだ! 急いで出発しましょう!」

どやどやと外へ出る一同。終始無言でてきぱきとしているのは、若手カメラマンのさぬきうどん土居氏であります。

それにしても、この四年、こんないい加減な団体行動を、あの几帳面な新潮社が許してくれて、しかも資金まで出してくれてきたなんて、最大の不思議だと思うミヤベなのでありました。

3　片葉の芦から落ち葉なしの椎へ

隅田川護岸《ごがん》が美しい散歩道へと生まれ変わり、川の水も昔とは比べようもないくらいにきれいになったということについては、以前にもお伝えした通りです。しかし、古地図《こちず》と墨田区の地図をぶつけてたどりついた駒止堀あたりには、現在はお堀の影もありません。駐車場になっていました。両国橋を間近に望むこの場所は、墨田区のなかでも都心の匂《にお》いがぷんぷんするところで、見渡せば周囲はビルばかり。


ところが、川のコンクリートの土手沿いに、一カ所だけこんもりと緑の繁《しげ》っているポイントがあるのです。

「あれ、なんだろ」

関係者以外立入禁止の駐車場を苦労して回り込み、近づいてみると、緑の茂みの内側には、お稲荷さんが鎮座していました。石造りのおキツネさんの顔などを見ると、かなり古いもののようですが、鳥居の朱の色は真新しい。境内もきれいに掃除されています。

「どこが管理してるんでしょうね」

近くには、ひときわ目立つ大正ロマン風の建物がひとつあり、ガラス張りの窓から内側をのぞくと、そのままNHK朝の連続テレビ小説のセットに使うことができそうな内装の室内で、美人の事務員さんが立ち働いていました。

「ゆかしい会社だから、ひょっとするとあのお稲荷さんもこの会社が管理してるのかも」

「だとすると、ぴったりだよね」

「大沢オフィスも、こういう建物が欲しいな」と、闇雲《やみくも》にねだるミヤベ。「買ってくれないかなぁ」

なんといっても、大沢オフィスでは現在、天下の大沢在昌《ありまさ》さんと京極夏彦《きょうごくなつひこ》さんを抱えているのです。両国橋から東側にあるビルのひとつやふたつ、買おうと思えば軽いもんだぁ！　とか言ったりしまして。

と、京極さんの名前を出したところで、京極さんのいわゆる「京極堂シリーズ」[5]第五作の『絡新婦《じょろうぐも》の理《ことわり》』のなかに、七不思議について語られている部分があることを思い出しました。謎解《なぞと》きも大詰めに向かうところで、京極堂が登場人物のひとりの女学生と、事件の舞台となった女学校に伝わる七不思議について教えてくれないか——と会話するくだりであります。

ここで京極堂は、女子学生から話を聞き、彼女の数え上げた話を受けて、「——不思議は本来その六つだろう」（つまり、ひとつは数あわせのために付け足された話であるという意味）

すると居合わせた刑事が、「不思議と云《い》えば普通七つでしょう？」と尋ね、それに答えて、「七を特別視する習慣は、多分そう古いものじゃないんだよ。幾つだっていいのだ」と説明を始めます。

詳しく引用するには、『絡新婦の理』の筋書きも説明しなくてはならないのでこの辺でやめておきますが、未読の方はこのお徒歩を読んだら、すぐに書店に走るべし。非常に知的に刺激的な作品でありますから、日ごろ小説は読まんのだという方でも、七不思議のくだりだけでも読むべし、読むべし。

『片葉の芦』の因縁話が本当だとしても、このあたりに芦が生えなくなった頃には、お駒の怨念《おんねん》もどこかへ逃げ出してしまっただろうね……と言いつつ、お徒歩隊は隅田川東岸を北へと向かいました。横網町の『落ち葉なしの椎』に向かう——つまり、現在の国技館方面へと足を向けたわけです。

国技館と言えば大相撲。隅田川護岸のこの道で、お相撲に関する面白いものを見つけました。歩きやすいように整備された遊歩道に、お相撲の決まり手四十八手のようなものがレリーフにして刻まれているのです。ふたりの力士が組み合っている様を描いて、そこに技の名前を解説してある、という判りやすく楽しい絵柄なのですが、しかし、ここにも新たな謎が。

「この技の名前、珍しいですね」

「なんか、聞いたことないようなものばっかりだよねぇ」

なるほど、お相撲には暗いミヤベでも、「おおわたし」「かものいれくび」など、『大相撲ダイジェスト』でも耳にしたことないような技の名前が散見されることに気づきました。

「これ……裏四十八手じゃないんですかね」

「やっちゃいけない技？」

「だけど、わざわざそんな技のレリーフつくるかなあ」

がやがやと頭をひねり、結局この四十八手は現代のそれではなく、古文献に載せられている昔の技ではないかという結論に達しました。⑥お相撲の歴史に詳しい方に、ご教授願えましたら幸いです。それに皆さん、ぜひとも現物を見てみてください。かな

四十八手か、裏四十八手か。
謎、また謎。謎つづきの道中なり。

り笑える技もあったりします。

今回の企画の寂しいところは、なにしろテーマが民間伝承なので、たとえば赤穂浪士の引き上げ道をたどったときのような、物的歴史証拠に乏しいことです。どこに『落ち葉なしの椎』の記念碑が立っているわけではなく、どこに『片葉の芦』の絵があるわけでもない。淡々《たんたん》と歩きつつ、古地図に目を落として位置を確認するしかありません。

「僕はこちらの方を歩くのは初めてなんですが、古地図と今の地図と、道筋や町割りがほとんど変わっていませんね」

感心したように言ったのは、死海文書《しかいもんじょ》タナカ氏であります。

「掘割は埋め立てられてしまったところもあるようですが、痕跡《こんせき》をたどることはできるから、位置関係は簡単につかめるでしょう。東京大空襲で丸焼けになった土地なのに、よく町並みを残したもんですね」

本所深川は、江戸時代には新開地でありました。「江戸」として朱引《しゅび》きの内に組み入れられた（江戸町奉行所が管轄地《かんかつち》として認めた）のも、江戸の中期以降のことです。つまり、もともと江戸城の城下町ではなかったので、城下町独特の放射状の町づくりをする必要はなく、水路を利用した交通の便を第一に考えたので、結果として方眼紙を敷き詰めたような町となったわけです。これが幸いして、現在でも町並みが変わっていないという次第。タクシーの運転手さんに聞くと、新米のころ、本所深川（現在の墨田区南部と江東区北部）ばかりを走ってこの道筋に慣れてしまうと、山手線の内側や杉並・世田谷・目黒などの放射状道路（もとは農道という場所もある）の町並みへ行ったとき、たいへん苦労をするそうです。

国技館の前を通り過ぎ、椎の木屋敷の場所を確認したお徒歩隊は、一軒の鯛焼屋《たいやきや》さんを発見。なぜか「浪花屋《なにわや》」というこのお店の美味な鯛焼を歩きながら食し、東へと頭を向けました。

4　置いてけ堀はどこだ

「まっすぐ東へ進むと、『津軽の太鼓』の津軽越中守のお屋敷に出るんですけどね……」

墨田区緑町のあたりですが、両国駅と錦糸町駅のちょうど真ん中です。

「途中に、『置いてけ堀』の第一候補地点があるんですよ」

「第一候補？」

「ええ。ここに『置いてけ堀』が在ったと言い伝えられている場所は、僕が調べた限りでも三カ所あるんです」

　ミヤベ、ちょっと憮然《ぶぜん》。

「あたしは、『置いてけ堀』は錦糸堀だって教えられて育ったんだよ」

「でも、定説じゃないでしょ」

「イカガワシさでは錦糸堀がいちばんだよ」

「そのイカガワシさは魔物のイカガワシさですか」

「ううん、歓楽街的イカガワシさ」

　錦糸堀は、現在の錦糸町駅からわずかに南側で、位置的には駅前のスナック街に該当します。フィリピンパブもあれば学生向きの居酒屋もあり、キャッチバーみたいなデンジャラスな雰囲気の看板も見えるという、ささやかな混沌《こんとん》。バブルで景気がよかった頃、錦糸町駅前を歩いていると、よくフィリピーナの女の子から、切符の買い方を教えてくれと声をかけられたものでした。最近は、彼女たちの数もすっかり減ってしまったですけどね。

　ところで、東へ向かう我々が歩いた道は、別名「北斎《ほくさい》通り」といいます。江戸東京博物館のあたりを出発点、錦糸町駅北口の再開発地域をゴールに、総武線の北側を線路に沿って通じている道ですが、これがなかなか美しい道筋で、コパカバーナ長谷川氏とミヤベはしきりに「この辺に住まいを……」「この辺に仕事場を……」などと呟《つぶや》き、折から分譲中のマンションのモデルルームまでのぞいてきてしまいました。「北斎通り」の命名の由来は、もちろん、江戸東京博物館のあたりが葛飾《かつしか》北斎生誕の地であるからですが、この博物館から真《ま》っ直《す》ぐ南へ、清澄《きよすみ》通りをくだってゆくと、深川江戸資料館や清澄庭園、桜鍋《さくらなべ》の「みの家」、どぜう鍋の「伊《い》せ喜《き》」と、はとバスのコースにもなっている「江戸と下町の文化」遊覧の散歩道となりますので、こちらもお試しを。

先ほどから何度も登場している本所南割下水も、古地図で見ると総武線の北側を東西に走っています。本所の南側にあるからこの名前がついたのでしょう。『送り提灯』、『消えずの行灯』などの場所をチェックしながら進んでゆきます。ミヤベの子供の頃よりも、町並みがぐんと垢抜《あかぬ》けてきていることに驚いたり、ちょっと寂しくなったりしました。

「今回のお徒歩は……」

「まったく、ただのお散歩ですね」

「史跡がないからなあ」

嘆くお徒歩隊に、神は恵みを垂れました。錦糸町駅前を南下しているとき、なんと、「置いてけ堀」と大書した看板を見つけたのです！

「ホラ、『置いてけ堀』の本場は錦糸堀だっていう証拠だよ！」

この看板、居酒屋のものでした。カッパちゃんの絵が描かれています。さらに、ここから亀戸方向に足を向け、錦糸町駅の東南側にちらりと展開しているホテル街の方へと踏み込みますと、道ばたの歩道の上に、『置いてけ堀』のお話を絵にしたタイルが設置されているのを見つけました。ここでミヤベ、釣り竿と魚籠《ざお》を持って写真をパチリ。だけどね、この辺て普段からウロウロしている場所だから、今にも知り合いに会いそうで、とってもハズカシかったのよ。

ホテル街のなかにぽつりと公園があり、ここには小さな噴水と共に、本所七不思議と『置いてけ堀』について記した（公設の）看板が立っていました。お徒歩隊がここでも写真を撮ったりしていると、「何してるの？」と可愛《かわい》い声。見ると、黄色い雨よけカバーをかけたランドセルを背負った小学校一、二年生くらいの男の子が立っています。

「写真撮ってるんだよ。ボクも撮ってあげようか」

皆様、新潮社はかくもご無体なことをさせたのでありますよ。物的歴史証拠に乏しいお徒歩だった、と申しましても、あまりにむごい仕打ちでございます。一体、お徒歩をなんと心得ておるのでしょうか。

「うん、撮って!」

ということで、⑦ミヤベはこの坊ちゃんと記念写真を撮りました。ところが、撮影が終わるとこの子、「じゃあねー」と風のように駆け去って、たちまち姿が見えなくなってしまったんです。

「あの子……カッパだったんじゃないですかね」

コパカバーナ長谷川氏が畏怖《いふ》の表情で呟くのに、ニコライ江木氏は呵《か》々大笑《かたいしょう》。

「いやあ、下町の子は物怖《ものお》じしませんねえ、アッハッハ」

ま、事実そうなんだけどね。

この日のお徒歩のゴールは、『置いてけ堀』の三つ目の候補地、亀戸の第三亀戸中学校正門前であります。地元では「三亀中《さんかめちゅう》」と呼ばれるこの中学校、白い校舎に緑の校庭(芝生じゃないよ)、ちょうど正門のところに、下校しようとする制服姿の少女たちが集まっています。

「いや、ここは『置いてけ堀』じゃなかったはずだ!」

少女たちの手前、こんなとこで釣り竿持って写真撮りたくないミヤベは抵抗しました。

「だってここには学校の門があるもん! お堀があったわけがない!」

「堀は埋められます。その上に門でもなんでも建てられます」と、冷酷なニコライ江木氏。「はい、釣り竿と魚籠持ってポーズつけてくださいよ。これで終わりなんだから」

[8]しょうがない。だけどね、あのとき笑いながらこっちを見ていた少女たちのなかに作家志望の子がいたかもしれないよ。凄《すご》い才能持ってるかもしれないよ。だけどその子が、

(あ、ミヤベミユキだ。作家ってあんなミットモナイことさせられるんだわ、あたしは嫌だ、死んでも作家なんかにならないんだから)

と思ってしまったとしたら、どうする？

「出版界の将来が危なくなったら、江木さんのせいだぞ」

「何つまんないこと心配してるんですか。それより、地ビールタイムですよ、地ビール！」

勇躍して飛んでいった両国駅構内の地ビールは、それはそれは冷たくて美味でありました。そのあとにいただいたシャモ鍋もまた美味《おい》しくて、毎度のことながらお徒歩はオイシイ企画であると、健康を取り戻してシアワセ気分のミヤベでありました。

5　ちょっと蛇足だけれど

さて、ミヤベがこの原稿を書いている現在は、七月一日です。そう、日本中を震撼《しんかん》させた神戸の小学生殺人事件の容疑者として、⑨十四歳の少年が逮捕されてから、まだ数日というところです。

ミヤベは犯罪心理の専門家ではありませんし、教育問題にも詳しくないし、事件の詳細についても、新聞やテレビで知ることしかできません。ですから、この痛ましい事件に関して軽々しい発言をすることはできません。ただ被害者の淳君のご冥福《めいふく》をお祈りし、あわせて、容疑者として警察に身柄を拘束されているこの少年も、可能な限り公正な扱いを受けられるよう、祈るように望むばかりです。

ただ今回、本所七不思議をテーマにお徒歩の原稿を書きつつ、神戸の事件についての報道に接しているうちに、頭に浮かんできたことがひとつあります。それは、各地に流布する「七不思議」も、昔はどこの町にもひとつはあった「お化け屋敷」も、みんな一定の機能を持っていたのではないかということです。

それはどんな機能か。人間と、人間が寄り集まって住む場所には必ず生じる「魔」を吸収し、それを封じるという働きであります。

神戸の事件がまだ解決しない頃、都市論を専門とする大学の先生が、須磨《すま》のあの町全体のつくりや、道路と友が丘中学校の位置関係を取り上げて、「美しく、便利で機能的ではあるが、遊びというか、余りの部分がない」と言っておられたことも、思い出されます。幼い子供や思春期の少年少女が関わる事件というと、決まって郊外の新興住宅地や再開発地域を舞台としているようにも思われます。

もし、淳君の遺体が捨てられていたあのタンク山が、住宅地の人びとよりもずっと古くからそこに存在する鎮守《ちんじゅ》の森や、山の神をご神体に祀《まつ》る神社であったなら、どうだったろう……ミヤベはそんなことを思わずにいられないのです。住民個々の記憶を超えた、土地の歴史と土地の記憶は、そこに入れ替わり立ち替わり出入りし、生きたり死んだり争ったり泣いたり殺したり殺されたりしてきた人間のなかの闇の部分を中和する力を持っています。

とりわけ感じやすく自分を見失いやすい子供たちには、こうした、そこにいけば安心して「魔」を放散することのできる、「魔」を吸収してくれる場所が、どうしても必要なのではないでしょうか。その場所を欠くと同時に、我々日本人は畏怖することを忘れ、目に見えないものを敬うことも忘れ始めたような気がしてなりません。

長々と続けてきたお遊び企画「お徒歩日記」ですが、次回でとうとう最終回を迎えます。蛇足で書いた文章とリンクするみたいですが、最終回では、江戸の民間信仰を集めた聖地を、できるならば複数訪ねて、この目で見てきたいものだと考えております。

どうぞお楽しみに。

注釈
講釈
後日談

其ノ六

①**出来事【できごと】** 五月、神戸市で土師淳君殺害事件、四大証券会社こぞって総会屋に不正な利益を供与し、最高幹部の逮捕と辞任などが相次いだ。

②**理由【りゆう】**『牧野新日本植物図鑑』によりますと、芦の葉は二列に互生する（葉が茎の一節から一枚ずつ互い違いに生える）ものなのですが、その場所の風向きによっては、葉が片側に寄ってしまい、その結果片葉の芦になることがあるのだそうです。この世には不思議なことなど何もないのだよ。それでも、昔の人びとがこういう自然の不思議を解釈するために創造した話は、やっぱり面白いものですよね。

③**長谷川さん【はせがわ・さん】** ところでこの長谷川さん、カラオケがめちゃめちゃ上手いのです。平成九年十二月、ミヤベが『蒲生邸事件』という作品で日本SF大賞をいただき、あまりの嬉しさに、授賞パーティのあと、二次会代わりに大勢で夜通しカラオケを歌いまくったことがありました。その際、ミヤベがちょっと席を外して戻ってきてみると、誰かが「コパカバーナ」を熱唱しておりました。おお、誰だろう？　と見ると長谷川さん。以後、コパカバーナ長谷川と命名。ちなみに、ジプシー・キングスの「ジョビ・ジョバ」も歌えるそうです。恐るべし。

④**田中さん【たなか・さん】** 田中さんは出版部

でこそ初めてですが、週刊新潮時代には、読切時代小説のページでミヤベを担当してくれたことがあります。それで、そういう仕事の積み重ねがあるからこそバクロしますとですねこのヒト、それはそれは字が汚いのです。ファックスを送ってもらっても、こちらから電話をかけなおして、「これ、何て書いてあるの？」と訊かなきゃならないんだから。そこで死海文書タナカと命名。向かうところ敵ナシの判読不能。

⑤**京極堂シリーズ**【きょうごくどう・しりーず】古書店「京極堂」を営み、神主でもある中禅寺秋彦が、次々と怪事件に挑む大人気シリーズ。「この世には不思議なことは何もない」が決め台詞。

⑥**お相撲**【おすもう】このレリーフ、江戸時代は元禄年間の『相撲図式』をもとに墨田区が相撲博物館の協力を得て、つくったものだそうです。「おおわたし」は決まり手。「かものいれくび」は組み手、あるいは型といい、その後にいくつかの技や決まり手に変化、発展するもの。よく四十八手といわれますが、日本相撲協会によれば、いま決まり手は七十手、これに勇み足と腰くだけの〝自滅〟を加え、実は七十二手もあるとのことです。

⑦**坊ちゃん**【ぼっちゃん】お徒歩日記 其ノ六の最初の頁に入っている写真が、そのときにお撮りしたものです。風のように消え去ったボク、一部で「あの子はカッパだったのでは……」と疑惑が浮んでおりますよ。もしこの写真を見て、我こそは黄色い雨よけカバーをかけたランドセルの坊ちゃんなり、とお気づきになりましたら、新潮社に

ご連絡下さい。

⑧釣り竿と魚籠【つりざお・と・びく】まったく、しょうもねえな、ですよね。読者諸賢はすでにもう一つの謎にお気づきかと存じますが、だいたい、どうして釣り竿と魚籠なんてものが今回のお徒歩の七つ道具に入っていたか、でありますよ。

⑨十四歳の少年【じゅうよんさい・の・しょうねん】神戸市須磨区で平成九年二月から五月にかけて児童五人が殺傷された。五月二十七日早朝、行方不明になっていた小学校六年の男の子の切断された頭部が、「酒鬼薔薇聖斗」の名前で書かれた警察などへの挑戦状とともに中学校の正門前に放置。六月二十八日、兵庫県警は中学三年の男子生徒（当時、十四歳）を淳君殺害の容疑者として逮捕した。

其ノ七
神仏混淆で大団円

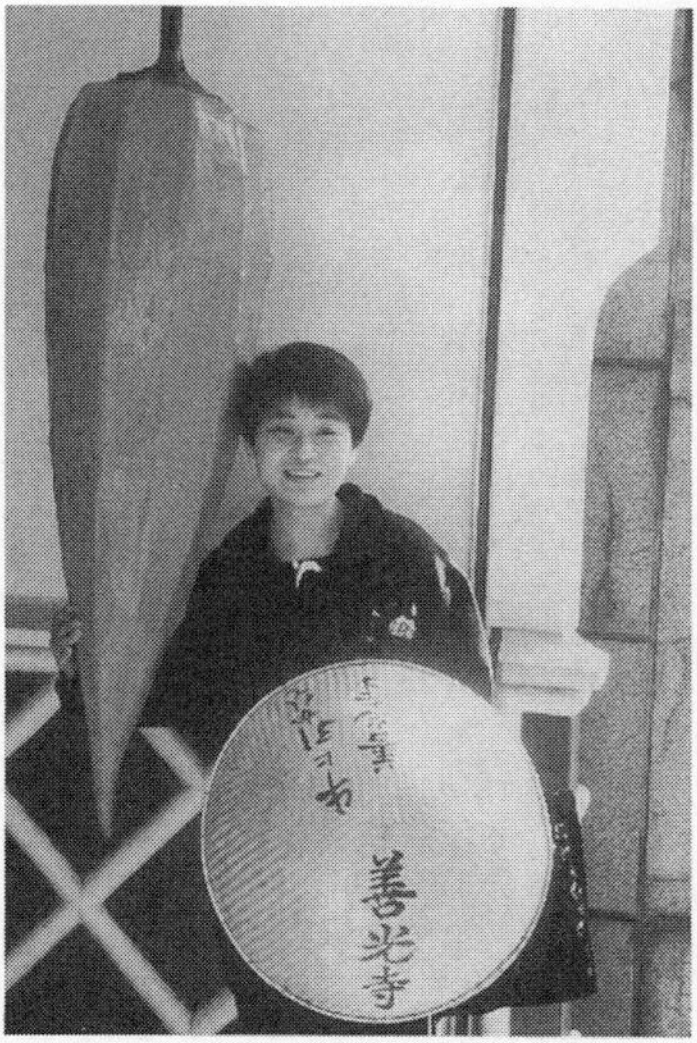

平成九年十月二十一、二十二、二十三日

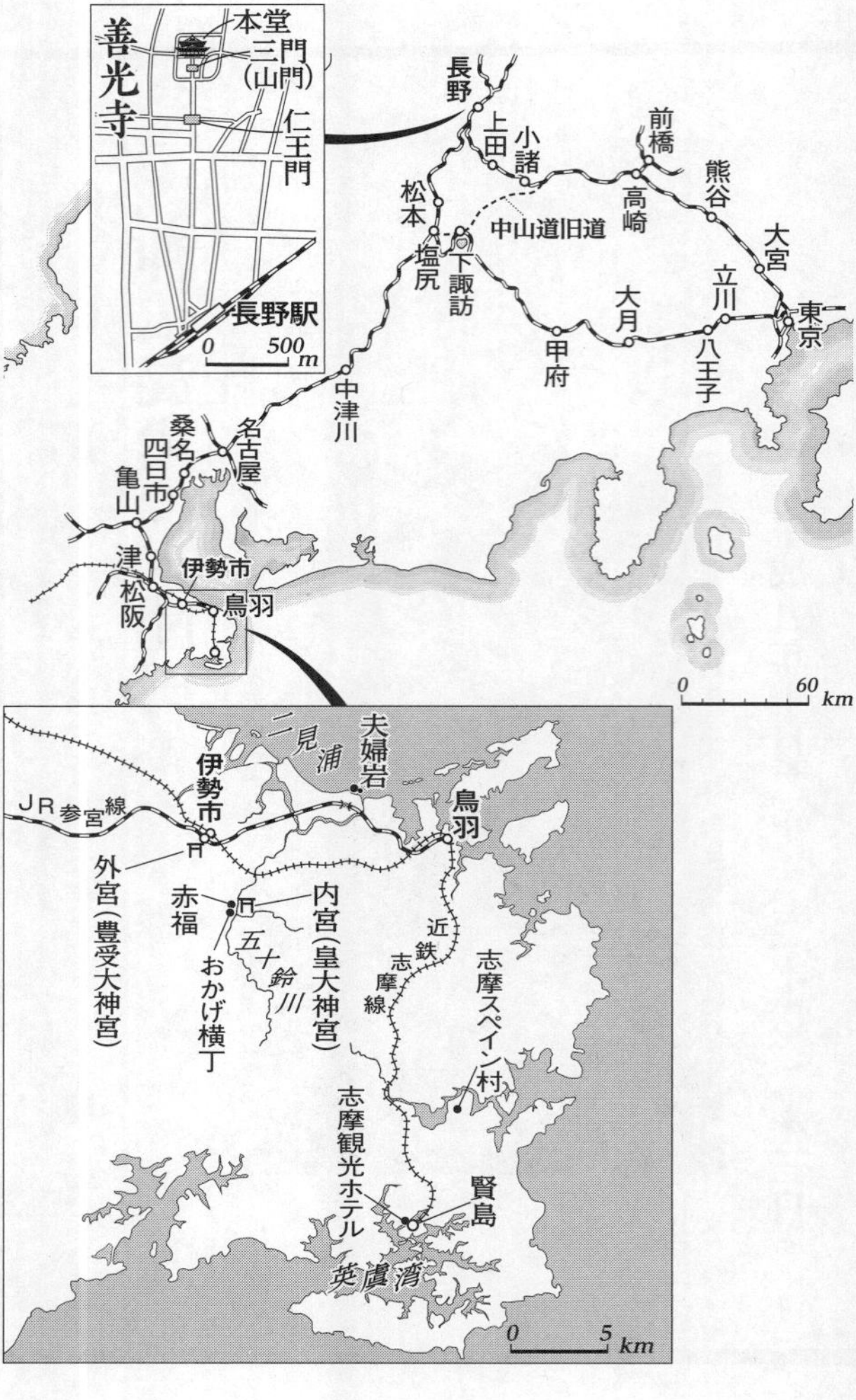

善光寺
本堂
三門(山門)
仁王門
長野駅
0 500 m
長野
上田
小諸
前橋
熊谷
高崎
松本
中山道旧道
塩尻
下諏訪
大宮
立川
大月
東京
甲府
八王子
中津川
名古屋
桑名
四日市
亀山
津
伊勢市
松阪
鳥羽
0 60 km
二見浦
夫婦岩
伊勢市
JR参宮線
鳥羽
外宮(豊受大神宮)
赤福
内宮(皇大神宮)
五十鈴川
おかげ横丁
近鉄志摩線
志摩スペイン村
志摩観光ホテル
賢島
英虞湾
0 5 km

1　あいかわらずの、長い前振り

皆様、お久しぶりでございます。①不景気は続くわ②公共料金はあがるわ③新型インフルエンザは発生するわ④暖冬少雪でスキー場は困るわという昨今ではありますが、お元気にお過ごしでしょうか。

はるばると長旅をして参りました平成お徒歩《かち》日記でありますが、ついに今回で最終回を迎えることになりました。おお！　よくもまあ、歩きに歩いたものよ！　とはいえ、基本的にはミヤベの個人的好奇心から始まった企画でありますので、実に面白おかしゅうございました。美味《おい》しいものもたくさん食べられましたし。

さて、最終回ではどこをお徒歩しようか——というのは、前回の本所七不思議めぐりをしているころからの、ミヤベと担当ニコライ江木氏との懸案でありました。ラストを飾るにふさわしく、お徒歩甲斐《がい》（ヘンな言葉ですけど、気持ちとしてはこれ、ホント）に満ちたルートはどこぞや？

そんなミヤベのところに、担当ニコライ江木氏が満面に笑みをたたえつつ、

「お徒歩最終回のコースを考えたんですが」

と、持ちかけてきたのが昨年の春まだ浅いころのことでした。

「あらま。どこですか？」と、平静を装《よそお》い問いかけるミヤベ。

ニコライ江木氏、にんまり。「⑤山田長政はどうでしょうね？」

「へ？」

「ですから、シャムへ渡るんですよ。海外です、海外！」

「シャムって、どこ？」

「まあ、現在のタイですね。若い女性にも人気の渡航先ですよ。バンコクは面白いし、美しいリゾート地もあります。まあ、お徒歩企画ではミヤベさんにずいぶんご無理を言いましたから、ラストぐらい、取材の名目《めいもく》でちょっとのんびり観光していただこうじゃないかと、編集長も申しております」

ニコニコ顔のニコライ江木氏をじいっと見つめ、ミヤベは目をぱちぱち。

「どうですか？　スケジュールさえ調整できれば、四泊か五泊で――」

「ヤダ」

「お徒歩と言っても、歩くところはほとんどないんですよ、山田長政はまあ名目で——」

「ヤダよ」

「パタヤ・ビーチはきれいですよ。リゾートホテルもいいところが——」

「イヤだってば！」

「パタイヤじゃないですよ、パタヤです」

「嫌だって言ってるのよ！　ミヤベ海外には行きません！」

ようやく、ニコライ江木氏楽しい夢からさめて正気に戻りました。

「スミマセン、今なんて言ったんですか？」

「海外には、行かない」

ニコライ江木氏、両手で鬼の首をつかんだような顔をしました。「ミヤベさん、海外旅行するのが怖いんですか？」

フーンだ。「違うよ。海外旅行は怖くないの」

「じゃ、何が怖いんです？　飛行機ですか？」

しょうがない、白状するか。「……異人《いじん》さん」

「は？」

「異人さん怖いんだもん」

「フォーマルウエアのメーカーですか？」

「それはいいぎん」

ベタなボケをかましとる場合か。

「外国人が怖いんですか」

「うん……」

言葉が通じないんだもの。

「今時《いまどき》、珍しいですねえ。ひとりで⑥異国船うち払い令をやってるわけですか」

大砲は撃ってないよ。

「ふうん……へえ……」ニコライ江木氏、なぜかしらミヤベを見直したような目で見ております。

「そうか、ミヤベさんにも怖いものがあるんですねえ」

こうしてミヤベの拒否権発動にあって、タイ観光旅行の夢破れたニコライ江木氏はしょぼしょぼと編集長のところに戻り、計画を練り直すことになったわけです。

そんなある日、ミヤベは、某『歴史街道』という雑誌の対談で、杉浦日向子《ひなこ》さんにお目にかかりました。江戸風俗研究家である杉浦さんは、ミヤベのお師匠さまです。

この日のテーマは、「江戸の旅と信仰」。面白くて勉強になるお話をうかがっているうちに、ミヤベはフト思いつきました。

——お徒歩のラストには、江戸の人たちが楽しんでお参りに行ったところを回ったらどうかな？

そこで、帰宅してすぐニコライ江木氏に電話。開口《かいこう》一番、

「ねえねえ、善光寺とかお伊勢《いせ》さんとか大山《おおやま》参りとか江の島の弁天さまとかあっちこっち行こう！」

「なんですか、それは？」

結局、日程の都合などもあり、善光寺参りとお伊勢参りのセットということで計画ができたのは、それから半月ほど後のことでした。ホントなら、富士山も金比羅《こんぴら》さんもみんなみんな行きたかったんですケド、富士登山は写真班から「どうかそれだけは……」という待ったがかかってございます。

いよいよ決行という数日前に、⑦我が大沢オフィスの親分大沢在昌さんに、今度のお徒歩は善光寺と伊勢神宮だと申しますと、

「なんか、すごい神仏混淆《こんこう》じゃない。いいのかよ？」

と、アヤブまれてしまいました。うむ、確かに。

でも、考えてみると、江戸の人たちもそうだったんですよね。敬うべき八百万《やおよろず》の神様がおわしまし、尊ぶべき仏様もたくさんおわしまし、お祀《まつ》りすべきご先祖様もたくさんいますというのが、この国の習わし。実はこれ、がっちりと強固で揺るぎない信念を与えてはくれるものの、実は融通がきかず凶暴な一面も併せ持つ欧米中東の絶対神信仰に比べると、とても穏和で温かい「敬虔《けいけん》」のあり方なのではないかと、近頃ミヤベはつくづく考えるものであります。

なお、前述しました杉浦日向子師匠との対談は、対談集『杉浦日向子の江戸塾』（ＰＨＰ研究所）に収録されています。ミヤベがうかがったお話だけでなく、他にもたくさんの面白くて目からウロコが落ちる江戸の話が詰め込まれているご本なので、ぜひご一読くださいませ。

2　善光寺でみそソフト食すの巻

我らのこのお徒歩が決行されたのは、平成九年十月中旬のことでありました。そして他でもないこの月から、善光寺には、新幹線で行くことができるようになったのです。そう！　長野新幹線の開通ですね。東京から長野まで一時間半足らず。これもオリンピックのおかげです。

でも――ひとつだけガッカリしたことが。

「長野駅って、いかにも善光寺の入口っていう、木造の古びた素敵な駅舎なんだってね」

車中、ワクワクとしゃべるミヤベ。実は、善光寺に行くのも長野駅に降りるのも初めてだったのです。

「そうですね。あれは見所です」

と言っていたにもかかわらず、着いてみたら、それはそれは立派なぴかぴかの新しい駅になっておりまして、古い駅舎は影もカタチもないのです。

「あれ？」

そうなのです。新幹線が開通すると、こういうことがあるのだな。新幹線の停車駅は、どこもみんな、クローンみたいに同じような造りになってしまうのですよ。近未来的というか、メタリックで白っぽくて、『スター・ウォーズ』のデス・スター中枢《ちゅうすう》部《ぶ》みたいな感じ。

さて、遅蒔《おそま》きながら今回のお徒歩隊のご紹介。と言っても、前回のメンバーがそのままた参加してくれたのです。

「今回は、前回みたいに歩かないで済むんですか？」

と、呑気《のんき》な質問をする出版部の死海文書《しかいもんじょ》タナカ氏。氏は四十七士引き上げ道編とか箱根山階段登り編とかの本当にキツいお徒歩を体験していないのですが、前回の本所めぐりでも充分に「キツかった」という運動不足さんであります。元週刊新潮の記者サンなので、イジンさんは怖くないかもしれない。

「いい天気で、遠足気分ですね」

と、楽しげなのが文庫編集部のコパカバーナ長谷川氏。やはり前回からの参加ですが、元サッカー少年なので、足は丈夫。しかも、お父さんの仕事の関係で幼少時代をドイツで過ごしている帰国男子ですから、百パーセント、イジンさん怖くない。

お徒歩隊では、毎回いちばん重労働なのが写真班。今回も、若きカメラマンさぬきうどん土居氏が来てくれました。このお徒歩の直前に、麗《うるわ》しい新妻《にいづま》をめとったばかりの氏を駆り出すのは気が引けたのですが、キツいお徒歩ばかりに付き合わせちゃった写真部最年長のマック田村氏に逃げられちゃったんだもん。さぬきうどん土居氏もマック田村氏も、いろいろな人の写真を撮るので、きっとイジンさん怖くないでしょう。

コパカバーナ長谷川氏の言ったとおり、この日は本当に上天気で、空は青く山は——まだ三分の一ぐらいの紅葉。なにしろ暖かいのですよ。この日の長野市は、正午の気温が十八度ありました。

広々としてにぎやかな参道を、善光寺の大門《おおもん》めざして歩いていきます。近代的でよく整備された町並みのなかに、堂々たる古《いにしえ》のお寺さんがそびえている様は、まさに圧巻。信州はいいなあ、こっちに住んでみたいなぁと、ミヤベ本気で考えてしまいました。

コパカバーナ長谷川氏と死海文書タナカ氏が荷物を預けに行ってくれているうちに、ミヤベとニコライ江木氏とカメラマンさぬきうどん土居氏は、山門の下へと到着。ここから先は車も入れない道で、平日とはいえ観光シーズン、たいへんな人出です。

「にぎやかだねえ」

などと見回しているうちに、ミヤベ、とっつきのお土産物《みやげもの》屋さんの店先に、

「善光寺名物　みそソフトクリーム」

という幟《のぼり》を見つけました。しかも、お客さんが並んでいます。美味しそう。

参拝前に不謹慎ですが、ちょうど喉《のど》も渇いていたところ。どれ食べてみようということになりました。が、お店から戻ってきたニコライ江木氏の手に、みそソフトはひとつだけ。

「食べないの？」

「いえ、僕はおやきにしましたから」

そうなの、今日は暑いくらいだからソフトクリーム美味しいのにと言いつつ、ミヤベはぱくり。

「……」

「どうです？」と、ニコライ江木氏。「本当に味噌《みそ》味ですか？」

「……」

「おやきはうまいですよ」

「……」

「あの店は土産物屋じゃなくて、味噌屋さんなんですね」

「……」

点々が続くのは、手を抜いてるからじゃなくて、ホントに何も言えなかったからなんです。

「やっぱり、僕はおやきにしておいて正解でした」

えーと、結論から言うと、みそソフトはまずくないです。お味噌の味です。白味噌です。だから、ソフトの色も白いのです。茶色じゃないのね。それでえーと、たくさんの参拝客が食べていて、みんな美味しそうに食べていて、ですからミヤベも全部食べました。

でも、次回善光寺参りをしたときには、このお店のちょっと先に幟を立てていた「ふじりんごソフトクリーム」にします。ゴメンナサイ。

お寺さんを参拝して嬉《うれ》しいのは、あのなんともかぐわしいお線香の香りがすることです。ミヤベはこの匂《にお》いを感じると、なんだかほっとするのです。

善光寺が庶民信仰のお寺さんとしてずっと親しまれているのは、このお寺が特定の宗派にこだわらず、すべての人に開かれているからであるそうです。大門をくぐった先の山門（高さなんと二十メートル！　重要文化財であります）の内壁に、善光寺と協力関係にある全国のお寺さんの名前が、西日本と東日本にわけてびっしりと書き並べてあるのもそのためです。一宗一派にこだわらず、すべての人に極楽浄土への道を説くというこの優しさは、「牛に引かれて善光寺参り」の有名な逸話にも表れていますね。

初めて参拝したミヤベにとって、何よりも驚きだったのは、このお寺の大きさです。大建築ですね。本堂は一七〇七年に建てられたものと言われていますので、ざっと三百年近い年月をここに立ち、庶民の尊敬と信仰を集めているわけですが、『善光寺縁《えん》起《ぎ》』によりますと、ご本尊の一光三尊阿弥陀如来《いっこうさんぞんあみだにょらい》さまは、欽明《きんめい》天皇のころに、百済《くだら》の聖明王《せいめいおう》から贈られたものですが、廃仏派の物部《もののべ》氏と崇仏派の蘇我《そが》氏の争いのあおりをくって、難波《なにわ》の堀江という川に捨てられていたものを、信濃《しなの》の国の人が拾ってここに安置したのが始まりだということです。

「ここの柱の数は、百八本あるそうですよ」

除夜の鐘をつく数と一緒ですね。つまり、煩悩《ぼんのう》の数です。

「ミヤベさんの場合は、煩悩が百九つですね。イジンさん怖いというのが付け加わるから」

ほっといてちょうだい。

善光寺参りでミヤベがいちばんの楽しみにしていたのは、お戒壇《かいだん》めぐり。ご本尊の厨子《ずし》の下にある真っ暗な回廊を巡って、ご本尊の真下にある鍵《かぎ》に触れることができれば極楽往生ができるという、あれです。

この日は混雑していたので、お戒壇めぐりも順番待ちの人が列をつくっており、その分、本堂のなかをゆっくりと見物することができました。高い天井に、大きな仏像。昼間でも薄暗く、隅々まで見通すことはできません。蠟燭《ろうそく》の明かりがゆらめき、お線香の紫煙がたなびき、参拝する方々の思い思いのココロの呟《つぶや》きが、ざわざわと聞こえ

お徒歩で行くには遠く、先におわす牛に引かれて（惹かれて？）であってでも、善光寺へは一度お足を運んでもらいたいものです。

てくるような気がします。

いよいよお戒壇めぐりの入口まで来ると、のぞきこむ急な階段の下は本当に真っ暗。案内のお坊さんが、大きな声で騒がないようにお願いしますと指導していますが、先行する人たちの、わあとかきゃあとかびっくりしている声が聞こえてきます。

「坂東眞砂子《まさこ》さんの『狗神《いぬがみ》』の冒頭のシーンがここだよね」と、ミヤベ。

「そうですね」

お戒壇めぐりの人が、暗闇のなかで、鍵に触れることができないとうつむいて悲しむ不思議な女性に遭遇するところから、恐ろしくも悲しい物語が始まるのです。

「『狗神』を読んで以来、ずっと来たい来たいと思ってたんだ。だけど、ドキドキしてきちゃった。本当に、不思議な女の人が出てきちゃったらどうしよう」

すると、コパカバーナ長谷川氏があっけらかんと笑いました。

「大丈夫ですよ。坂東さんの担当は僕ですから、不思議な女性が出てくるとしても、僕のところに出るはずです」

そういうものか？

さあいよいよ、おっかなびっくり手すりをつかみ、急な階段を降りていきます。先頭はニコライ江木氏、次にミヤベ、死海文書タナカ氏、コパカバーナ長谷川氏、さぬきうどん土居氏の順番です。

降りてしばらくは、まだ後ろからの明かりがあるので、真の闇にはなりません。前をゆくニコライ江木氏のシャツが見えていますので、そんなに不安でもない。が、右手をのばして壁に触れつつ進み、

「あ、ここが曲がり角だ。右に曲がりますよ」とニコライ江木氏が言って——

途端に、本物の闇に囲まれてしまいました。

「なんにも見えない！」

「大きな声を出さないでくださいよ。距離は近いんですから」

ホントに、ニコライ江木氏の声は近くに聞こえます。

「だけどなんにも見えないよ！」

目と鼻の先が見えない。顔の前に持ってきて振ってみても、自分の手さえ見えません。

「右手で壁に触りながら歩くんですよ。そうしないと迷子になりますよ」

「迷子になるほど広いのかなぁ」

「試してみますか？」

ミヤベ、肩までべったりと壁にくっつけて歩きました。

「ミヤベさん、進んでますかぁ？」

うしろから死海文書タナカ氏の呼ぶ声が聞こえます。かなり遠いぞ。

「進んでるよぉ！　だいぶ距離が空いてるよ！　詰めて詰めて！」

急いで死海文書タナカ氏たちが追いつきます。前に進むミヤベはニコライ江木氏の足を踏んづけました。

「あ、ごめん」

「いやあ、本当に距離感も方向感覚もなくなりますね」

また踏んづけました。

「ごめんね」

「いえいえ」

もう一回踏んづけました。

「ごめんねー」

「わざとやってますね？」

ミヤベ沈黙して闇に溶けこみました。

もう一回右に曲がると、先の方の人たちが口々に言っているのが聞こえます。もっと下だよ、左じゃないよ右だよ、あ、あった！　がちゃがちゃという音もします。

「鍵が近いようですね」

冷静なニコライ江木氏の指示に従い、ミヤベは無事に鍵に触れることができました。想像していたよりも大きくて頑丈なものでした。むろん、目で見ることができないので形状はしかと判《わか》らないのですが。

うしろで、コパカバーナ長谷川氏が狼狽《ろうばい》しております。

「タナカさん！　それは鍵じゃないですよ、僕の手です」

「なんだ、どうも柔らかいなあと思ったんだ」

大丈夫だろうか？

また急な階段を上がって本堂に戻ります。地下にいたのはごく短時間のことだったのに、外の光がまぶしく、別世界に来たような感じがします。

「お戒壇めぐりを終えて出てくると、その人は生まれ変わったことになるそうですよ」と、ニコライ江木氏が教えてくれました。なるほど、その感覚です。

一同無事に本堂へ帰還。参道へと引き返す道々、金髪碧眼《へきがん》の外国人観光客グループとすれ違いました。そそくさと道をよけるミヤベ。

「全然生まれ変わってないですね」

だから、ほっといてちょうだいってば。

「ねえねえ、善光寺に行こうって言ったら、江木さん、それならやっぱり牛に引かれていかないといけませんねえって言ってたよね？　牛はどこにいるの？」

ミヤベ、お徒歩シリーズではいろいろな写真を撮られてきましたので、牛の手綱《たづな》をとってポーズするくらい、なんでもない。動物は怖くないのです。

「牛はね、ここにはいません」

「善光寺にいなくてどこにいるの？」

「それは先へ進んでのお楽しみ」

というわけで、一泊目の中津川《なかつがわ》のお宿へと向かったのでした。

3　中津川よいとこキノコがいっぱい

旧中山道《なかせんどう》の中津川宿で泊まろうというのは、ニコライ江木氏の発案でありました。

「昔の旅の気分を味わいたいでしょう？」

長野から中津川への移動には、中央本線を使います。道中、まさに山また山。

「木曾路《きそじ》はすべて山の中である」

あれは、掛値《かけね》なしの真実ですね。

お徒歩隊が宿をとったのは、中津川では有名な「よがらす山荘」という旅館でした。ここは一棟建《ひとむねだ》ての旅館ではなく、広い敷地のなかにコテージがいくつもあるという形式なのですが、凄《すご》いのは、そのコテージ。

「わらぶき屋根だ！」

なんと、わらぶき屋根の民家をそのままコテージとして使用しているのです。珍しいし、こういうところにはなかなか泊まれないので、ミヤベ大喜びをいたしました。

なかに入ると、六畳分くらいの土間《どま》があり、あがるとすぐにいろりの間。そこを中心に、左右にそれぞれ座敷があるという間取りです。いろりの間をリビングと考えれば、複数の寝室のあるスイートルームというところでしょうか。お手洗いも洗面所も個々の家についていますが、水回りは最新式のアタッチメントが採用されていて、おトイレは洋式。このあたり、昔風の気分は欲しいけれど不便なのは嫌だという観光客気質《かたぎ》をよく理解してくれていて親切でした。

お風呂《ふろ》だけは別に建物があり、下駄《げた》を鳴らして敷地のなかをころころと歩いていきます。ミヤベの入った女風呂は、そのときは他に誰もいなくて貸し切り状態。のんびりしました。

この夜のお食事は、山の幸《さち》が大爆発という豪奢《ごうしゃ》なもので、圧巻はやっぱり松茸《まつたけ》。網焼きと土瓶蒸しの両方をいただくことができました。普段は松茸になぞ縁がないミヤベのワープロは、「どびんむし」を「土瓶虫」と変換してしまうところがナサケナイ。どんな虫なんだよ、いったい。

松茸と一緒に、実は松茸よりも高価で美味しいという「老茸《ろうじ》」というキノコの網焼きもいただきました。少ししか採れないので、ほとんど市場には出回らないのだそうです。

「善光寺参りに来た江戸の人たちも、きのこ料理を食べたんでしょうね」

「懐具合《ふところぐあい》に応じて、ぴんからきりまであっただろうけど」

「旅費が足りなくなると、途中の宿で住み込みで働いてお金を稼いで、また出発したりしたんだって」

昔の旅は臨機応変、ゆったりとしていたのでしょう。時間に急《せ》かされる現代人には、どうしても実感できないところです。実際、宿に着いた途端に東京に残してきた仕事の件で東京へ電話しまくるお徒歩隊でもあります。

「今回は全然歩きがなくて、天気もいいし、観光旅行です」と、編集長に報告するニコライ江木氏。ホント、お徒歩の最後にこんなことさせてもらっていいんでしょうかとシアワセなミヤベ。

　食事の最後には、キノコたっぷりの雑炊《ぞうすい》が出てきました。これがまた極めつけに美味しかった！　こういう仕組みの宿ですから、仲居さんは、当然のことながら、各コテージへ料理を運んで回るのですが、出てくる料理はみんなアッアッ。これも凄い。手際《てぎわ》がいいんですね。それなのに、雑炊到着の途端に電話をかけにいってしまった死海文書タナカ氏。戻ってくるころには、あーあ、ふやけちゃったじゃないの。皆様も、中津川宿にお泊まりの際には、雑炊は熱いうちに食べましょうね。

「なんか修学旅行みたいですねえ」

　そんなことを言いつつオヤスミナサイ。ミヤベはすっかりいい気持ちで熟眠しましたが（部屋はエアコン付きです。夜はさすがに冷えたので、有り難かった）、四人のオトコ衆は話がはずみ、本当に修学旅行の再現で、布団《ふとん》にもぐったまま遅くまでしゃべってしまったとか。いちばん重労働のさぬきうどん土居氏がトロトロと眠り込んだところに話しかけてしまったら、真面目《まじめ》なさぬきうどん土居氏ハッと目を覚まし、

「すみません、うたた寝してました」

　いいんですよ、寝ても。布団に入ってるんだから。ホントにもう、お徒歩隊にもシゴキがあるとは知りませんでしたよ、ねえ。

4 おかげ横丁で地ビール

「なんかね、今度のお徒歩はお徒歩じゃないね」

翌日、朝御飯をたくさん食べて満足、元気に出立《しゅったつ》するときに、ミヤベ申しました。

「物見遊山《ものみゆさん》だねえ。楽しいけど、後ろめたくって」

するとニコライ江木氏鼻先でふふふと笑い、

「お徒歩に付き合わされた各担当者の慰労の旅というふうに思ってください」

そういうことらしいです。

「そうすると、本当なら、異動で週刊新潮へ行った出版部の中村さんや、他の出版社に行ってしまった元文庫担当の阿部さんも呼ばないといけなかったね。写真部の田村さんも来てほしかったなあ」

「それはね、お徒歩の打ち上げでやりましょう。また別口で」

そういうことらしいです。

中津川からお伊勢さんに行くためには、名古屋に出て、近鉄アーバンライナーに乗ることになります。なるほど、今回は移動距離が長いので、お徒歩のしようがないということはありますね。だけど、真面目な読者の皆さんから、最終回にこんなテレビのグルメ旅行みたいなことをしやがって許せん！　というお叱《しか》りの手紙がこないかしらんと心配――と言いつつ、名古屋での乗換え待ち時間に、しっかり天むすを食べたミヤベであります。

言うまでもなく、関東と関西では食べ物の趣向が違いますね。いろいろと議論のたねにもなったりします。

ミヤベは東京の下町から一歩も出たことがないという、きわめて偏《かたよ》った育ちをした人間でありますので、かなり大人になるまで、東北の料理、関西の料理と、あれこれ味わうことがありませんでした。ただ、元来がすごい食いしん坊でありますので、議論よりも理屈よりも先に、まず食べることが先。で、秋田のきりたんぽ鍋《なべ》は本当に美味しかったし、お蕎麦《そば》は信州のが最高だし、大阪のお好み焼きは格別だったし、讃岐《さぬき》うどんも大好きだし、博多のとんこつラーメンもお代わりしちゃったと、まあ節操がないわけです。

ところがですね――そんなミヤベにも、ひとつだけなじめない味があったのですね。それが、名古屋の味噌カツ丼《どん》というもの。

新幹線の名古屋駅ホームには、美味しい味噌カツ丼を食べさせるお店があるのだそうです。伊勢に着くのは昼過ぎなので、ふたつぐらい買ってきて、みんなで分けて食べてみましょうかという話になったのですが、ミヤべはひと言「ヤダ、天むすがいい！」と叫んだという次第。ホントにね……天むすみたいに美味しいものと、理解不可能の味噌カツが同時に存在している名古屋は不思議な土地でありますよ。

ところで、味噌カツのあの独特の味噌は、いつごろから存在してるのでしょうね？　詳しい方がおられましたら、ご教示ください。江戸時代からあったとすると、面白いですよね。粋《いき》がる江戸のお阿仁《あにい》さんたちが、伊勢参りの途中に味わって、どんな顔をしたかと考えるとね。

伊勢神宮は、おしなべて観光地化の進んでいる日本の神社仏閣のなかで、もっとも強く「聖域」の雰囲気を残しているところです。五十鈴川《いすずがわ》の清流は、そこを訪ねる人びとの目を洗い、心を和《やわ》らげ、しかし同時に、かつての日本の川は、どこでも、これほど清らかに澄んで美しかったのだなあと、失われたものを惜しむ感情をかきたてます。

「何ごとのおはしますかは知らねども　かたじけなさに涙こぼるる」

と詠《よ》んだ西行法師に、素直にうんうんと頷《うなず》くことができるでしょう。善光寺では遠足気分で騒いでいたお徒歩隊も、内宮《ないくう》、外宮《げくう》と参拝するあいだは、やっぱりこの場の静けさにうたれて、なかなか神妙でありました。この日も好天に恵まれ、人出も多かったのですが、善光寺ほどには混雑した感じがなく、参道はしんとしています。

この対照的な印象——遠い距離をおして、続けて訪ねてきた甲斐がありました。聖なるものを尊ぶ心と、神仏参りを楽しむ心。このふたつが共存することが、日本人にとって案外大切なんじゃないかなと、ミヤベは思います。それと、先ほど書いた西行法師の歌に表されている感動——理屈は判らないけれど、涙が浮かんでくるほどに心が震える——それを大事にすることも。

ミヤベは伊勢神宮を参拝するのはこのときで三度目だったのですが、いつのときも、「かたじけなさに」と感じます。それは伊勢神宮ばかりではなく、氏神《うじがみ》さまの富岡八幡宮《とみおかはちまんぐう》に詣《もう》でるときも、亀戸天神に詣でるときも、昨年秋に初めて太宰府《だざいふ》天満宮を訪ねることができたときも、やっぱり同じように感じました。さらに、頻繁にお参りすることの多い氏神さまに対しては、「こんにちは、また来ましたよー」という親しみも覚えます。

信仰の自由はすべての人に保障された権利であり、それについて制限を加えるとか、規制をするなどの動きには、ミヤベも全面的に反対です。様々な教えや信条があって、それに触れてみてこそ、本当に自分で考えることの大切さが理解できるのだと信じていますので。

ただ、特に神秘主義的な内容の新しい宗教に惹《ひ》きつけられることの多い今の若者たちに、ある特定の教えに身も心もなげうって奉仕してしまう前に、たとえば善光寺や伊勢神宮を、一度は訪ねてみてほしいなとお願いしたいのです。しょせん観光地じゃないかと頭からバカにせず、仏教の聖地はインドに行かなきゃないんだなどといきなり海外に飛び出さず、まず身近な神様や仏様に「会って」みてほしい。何百年ものあいだ、今のわたしたちのような豊かさに囲まれてもおらず、基本的な教育程度も高くなく、病気や災害で簡単に命をとられてしまう厳しい人生をおくってきた無数の善良な人々の信仰を集め、心の支えとなってきた神様仏様の持つ底力を、小賢《こざか》しくあなどってはなりません。

そこには必ず、「かたじけなさ」を感じさせるものがあるはずなのです。逆に言えば、そして極論を言うならば、そうした場所のどこへ行っても、それこそ氏神さまへ行っても近所のお地蔵さまを見てもお稲荷《いなり》さんの前を通りかかっても、爪《つめ》の先ほどの

君よ知るや、民間信仰の“聖地”。お伊勢さんは、ほんとうに心を洗ってくれます。

「かたじけなさ」も感じることのできない人が、いくら勉強ばっかりしてダライ・ラマ十四世に会いに行ったって、時間の無駄だよとミヤベは思います。それぐらいならいっそ、生涯「宗教」（民俗宗教も含む広い意味で）と無縁の生活をした方が、自分自身のためにも世の中のためにも、ずっと平和でありましょう。

「お伊勢参りに来たら、やっぱり赤福だよね！」

などと騒ぎつつ、おかげ横丁へとやってきたお徒歩隊。なんと、地ビールを見つけてしまいました。昼間っからビールだよ。ホントに編集長怒らないのかなぁ。

伊勢市をあげてのプロジェクトとして、おかげ横丁一帯のお店の建物を昔を彷彿《ほうふつ》とさせる木造にし直しているということは知っていましたが、それがここまで徹底されており、気持ちよく造られているということは知りませんでした。まだ伊勢を訪ねたことのない皆さん！　絶対行くべきです。おかげ横丁、楽しいです。手こね寿司《ずし》も海老《えび》フライも絶品、地ビールも、ミヤベの食べた抹茶《まっちゃ》アイスもなかなかも美味でした。

おかげ横丁を出て、タクシーで（ホント、お徒歩じゃないなあ）「お伊勢参り資料館」へ。ここには、約四千体の和紙人形によって構成された、江戸時代のお伊勢参り風景を再現したジオラマが展示されております。これはもう、必見です。わぁ、お土産に欲しいなあと思ってしまうほど可愛《かわい》らしい和紙人形が、江戸の風俗を教えてくれるのです。特にミヤベの印象に残ったのは、質素な身なりをした子供を含む五、六人の道中で、先頭の人が「ぬけまいり」という幟を立てているというもの。「ぬけまいり」とは、お店《たな》の奉公人や女中さんなどが、主人の許しを得ずに黙ってお伊勢参りに出かけることを指すのだそうで、本当にお伊勢さんに行くのである限り、主人側も追っ手をかけたり連れ戻したり、また本人が戻ってきた後で罰を与えたりしてはいけないとされていたのだそうです。

面白いのは、この「ぬけまいり」の面々、てんでに背中に長柄杓《ながびしゃく》を背負っているんです。何に使うかというと、道々、これを差し出して小銭を恵んでもらい、それを路銀の足しにしたのですね。うーん、いいなぁ。ミヤベもやろうかな。書き上げた原稿を唐草《からくさ》模様の風呂敷《ふろしき》に包んで担《かつ》ぎ、そこに長柄杓をさして、出版社参り。気に入って買ってくれるなら、お代は柄杓に入れてね。

それでどこへ行くかというと——ゲーセンめぐり。ややや、これじゃ駄目ですね。

5　夢の志摩観《しまかん》と牛の登場

善光寺プラス伊勢神宮めぐりコースが決定したとき、タイ旅行の夢破れた担当ニコライ江木氏が強く主張したのは、

「お伊勢参りの後は、志摩観光ホテルに泊まりますよ！」

ということでありました。だからって、英虞湾《あご》に沈む夕日の美を愛《め》でようというわけじゃありません。ひたすら、ここのオリジナル料理、あわびのステーキを食すためでありますね。

山崎豊子さんの『華麗なる一族』の冒頭のシーンの舞台として使われたという、広々として美しいディナールームに、全然華麗じゃない軽装のお徒歩隊が乗り込みましたのは、この日の夜七時頃のことでありました。

「あ、わ、び！　あわび！」と歌うミヤベ。

実はこの日、昼間のうちから「夜は志摩観だねー」と騒いでいた我々のあいだに、ひとつのもくろみが生まれていました。「あわびのステーキ」はもちろん食したいけ

れど、もうひとつここのオリジナルとして有名な「伊勢エビのカレー」というものも食してみたい！

このもくろみの火付け役は、出版部の死海文書タナカ氏でありました。よがらす山荘での朝御飯の折に、氏がぽつりともらしたのであります。

「週刊新潮にいたときに、取材で志摩観光ホテルに泊まって、予約なしではなかなか食べられないという伊勢エビのカレーを食べたんですけど、いやあ、やっぱり旨《うま》かったですよ」

アッハッハァ——と笑う氏に、他の四人の冷たい視線が槍《やり》のように降ること降ること。

「判りました」と、決然としてうなずくニコライ江木氏。「我々も伊勢エビのカレー、食べましょう！」

だけどそんなにいっぺんにたくさん食べられないじゃないと言うミヤベに、

「じゃ、伊勢エビのカレーは翌日の昼飯に！」

と宣言するほどの執着ぶり。なあんてね、実はミヤベも、すごく食べたかったんですけどね。

結局、時間の都合で伊勢エビのカレーとの邂逅《かいこう》は果たせず、それでももう志摩観のディナーだというだけで異常にハイになった我々は、ワインの酔いも手伝って大騒ぎ。ホテルの皆様、さぞうるさかったのではないでしょうか。スミマセンでした。

ところで、メインのアワビのステーキが食膳《しょくぜん》に供されたその瞬間、意外なハプニングが起こりました。

「今まで黙ってたんですけどね」

突然、いずまいを正してコパカバーナ長谷川氏が発言。

「実は僕、貝類が苦手なんですよ。普段はあわびとか、ほとんど食べないんです」

途端に勢いづくニコライ江木氏。「あ、そう。そんならいいよいいよ、俺たちが食うから、全然気にしないでいいよ」

すると、終始冷静なカメラマンさぬきうどん土居氏がひと言。「でも、ここの有名なオリジナル料理ですから、試してみないのはもったいないですよ。食べてみたら？」

そうよそうよとミヤベも賛成。実はミヤベも、普段は貝類が苦手です。

「だけどね、ここのは特別。貝料理の概念が変わるから！」

それなら、じゃあひと口――と食したコパカバーナ長谷川氏、フォークを置くなり、

「ホントに概念変わりますね」

というわけで、全員で美味しくいただいたのでした。ニコライ江木氏、悔しがることしきり。

「簡単に概念が変わるのはいけませんよね」と、寝る間際まで言ってました。

さて、一夜明けまして、二泊三日のお徒歩食い倒れ旅も、ついに最終日。午後三時には名古屋駅から新幹線に乗らねばなりません。

「二見浦《ふたみがうら》にはぜひ行きたいなぁ」

というミヤベの希望をいれて、またもタクシーに乗り込む我々。お徒歩隊じゃなくてお車隊ですな。いやあ、本当にメンモクありませんです。

私事になるのですが――といっても、お徒歩日記自体が全編ワタクシゴトのオンパレードなんだけど――ミヤベは昨平成九年に、作家デビュー十周年を迎えました。単行本デビューからは八年なのですが、オール讀物《よみもの》推理新人賞をいただいてから数えると、十年経《た》っているのです。

なんでも十年続いてやっと一人前《いちにんまえ》というのがミヤベの父の口癖なので、おおやっとワタシも一人前かと気を引き締め直す反面、十年よく保《も》ったなぁというオドロキの気持ちと、十年あっという間だったなぁミヤベの青春はどこへ行ってしまったんでしょうかというホロ苦い悔恨の気持ち（このくだりを読むとき、担当ニコライ江木氏は『何が悔恨じゃ！』と呟くことでありましょう）と――さまざま想《おも》うところはございます。

まあしかし、十年ひと区切りとも申しますので、この春、いろいろ心配などかけてきた家族親戚《しんせき》などを連れて、旅行をしようなどと考えておりまして、その候補地のひとつが、志摩スペイン村なのです。そこで、これ幸いとタクシーの運転手さんにいろいろ伺うことにしたわけですが――

「スペイン村なら通り道だから、ちょっと寄ってみましょうか。入口だけでものぞいてみれば、感じがわかるでしょ？」

親切な運転手さんであります。

スペイン村を候補地として選んだのは、ここには最新の「ピレネー」という絶叫マシーンがあるからです。実は、ミヤベもミヤベの姉も、姉の子供たちであるふたりの姪《めい》も、三度の飯と同じくらい絶叫マシーンが大好き！　暇とお金があったなら、日本中の絶叫マシーン乗りまくりツアーに出かけたいくらいなのです。

運転手さんがスペイン村入口に車を乗り付けてくれると、塀ごしに見えます見えます、ツイストして落下してまたツイストして上昇する絶叫マシーンの軌道が！

「やっぱり、[8]絶対来なくちゃ！」

「ここは人気ありますよ」と、運転手さんもニコニコ。「スペイン村だけじゃなく、志摩は観《み》るところが多いし、食い物は旨いしね」

さてこのとき、お車隊は二グループに分かれておりました。前のタクシーにミヤベとニコライ江木氏とカメラマンさぬきうどん土居氏。後ろのタクシーにコパカバーナ長谷川氏、死海文書タナカ氏のコンビ。で、二見浦についてタクシーを降りたとき、後ろ組の二氏がにやにやしながら告白したのであります。

「いやあ、ミヤベさんたちの車がスペイン村に近づいて行ったでしょ？　一時はどうなることかと冷汗かいてたんですよ」と、コパカバーナ長谷川氏。

「へ？　なんで？」

「予定を変えて、スペイン村で遊んでいくことになったかな、と」と、死海文書タナカ氏。

「うん、それも楽しそうだけど、でも二見浦にも行きたかったからね。でも、スペイン村、嫌なの？」

「それがですね――」

「我々ふたり――」

絶叫マシーンが死ぬほど苦手なんだそうです。

それを聞いたニコライ江木氏。「なんだ、もっと早く判ってれば、絶対にスペイン村に寄ったのに」

だそうであります。うーん。


自然は何を企《たくら》んでいるわけでもないのでしょうに、実にしばしば、我々がびっくりするような不思議な景色をつくりだしてくれます。⑨二見浦の夫婦岩も、もちろんそのひとつ。

晴れ渡った青い空に、適度に荒れた海。潮風が吹き付けるので、今日はさすがに寒いなあと思いつつ岸壁の通路を歩いているとき、ミヤベはひとつ拾いものをしました。おそらくは海にプカプカ漂っていたのであろうものを、どなたかが拾って、岩陰に立てかけておいたのでしょう、その「あるもの」は、通り道の右手の丸い岩の上で、ぽつんとひとつ、ミヤベが来るのを待っていたような感じに見えたのでした。

さあ、何を拾ったのでしょうか。⑩皆様、推理して楽しんで下さい。ヒントは、海に落ちても駄目にならないものであること。東京に帰ってから、ミヤベはそれを洗って乾かしたということ、そして現在、部屋に飾ってあるということであります。

ミヤベにとっては、その「あるもの」が、二見浦がくれた素敵なお土産でありましたが、お徒歩隊の面々は、ここでにわかに里心がついたのか、みんなでお土産買ってました。やっぱり、夫婦岩を見たせいでしょうかね。

二見浦を後にすると、もうお昼近く。

「ねえ江木さん、おかげさままでとても楽しかったけど、最後まで牛が出てこなかったね？」

ニコライ江木氏、不敵に笑いました。「これから出るんですよ、牛は」

「これから？　どこで？」

「ミヤベさん、我々がどこにいると思ってるんです？　いや、どこの近くにいると思ってるんです」

論理的推理はからきし駄目なミヤベでありますが、しかし！　このときは閃《ひらめ》きました。だって、食べ物のことだからねぇ。

「そうか——松阪だ！」

「そうです！」

という次第で、このあと松阪に移動、それはそれは美味しいしゃぶしゃぶをいただいたのですが、いやしかしもう申し訳なくてこれ以上は書けませんわ。

ホントにホントに、ご馳走《ちそう》さまでした。

グルメ旅行みたいな最終回でお徒歩日記を終えるのは、知性も教養も美貌《びぼう》もないがとりあえず正直を売り物にしているミヤベにとっては大変心苦しいことです（ホントですよ）。看板に偽りありありは、作家として致命傷になりかねない——（ホントかよ、おい）。

そこでとりあえず、こんなふうに予告しておきたいと思います。ミヤベを頭目《かしら》とするお徒歩日記はこれで一旦《いったん》終了しますが、お徒歩という旅のあり方はなくなったわけではない。そこで、今後も、お徒歩し甲斐《がい》のあるスポットやコースを見いだしたならば、すぐにもゲリラ的お徒歩旅に出発し、その経過をつぶさに小説新潮誌上で皆様にご報告いたします、と。お徒歩にちょっと参加してみたいなという希望をお持ちの作家の皆さんをゲストにお迎えするなんていうのも、楽しいですね。

お戒壇めぐりでは生まれ変わらなかったミヤベでありますが、善光寺の参道にあるお土産物屋さんで、実に美しい「言葉」を買いました。その「言葉」は手ぬぐいに印刷されてるんですけどね。

日常の五心

一、ハイという素直な心（原稿依頼を断らないの意）

一、すみませんという反省の心（〆切《しめきり》に遅れたとき言い訳しないの意）

一、わたしがしますという奉仕の心（緊急の代原《だいげん》も喜んで引き受けるの意）

一、おかげさまという謙虚な心（書店さんへ行ったら頼まれなくても掃除をするの意）

一、ありがとうという感謝の心（本が出せるのはひとえに版元《はんもと》あってのことなので印税率を下げられても文句を言わないの意）

ね、美しいでしょ？　本日から、これがお徒歩隊の合い言葉であります。ちゃんと実践しなかったら、ニコライ江木氏のシバキが怖い――だけど本気にしないでね、ウソだよ！

冗談抜きに、最後にミヤベ、心をこめて申し上げます。お徒歩日記を愛読してくださいました皆様、本当にどうもありがとうございました。

注釈講釈後日談　其ノ七

①**不景気**【ふけいき】バブル経済の崩壊後、いっこうに景気は上向きにならず、四年をこえる不景気なんだそうです。なんとも、お寒い。ぶるぶる。

②**公共料金**【こうきょう・りょうきん】平成九年四月から消費税率が三%から五%に引き上げられ、これに伴い電力やガス、電話などの料金、鉄道の運賃が上がった。

③**新型インフルエンザ**【しんがた・いんふるえんざ】香港で発見されたA型インフルエンザ。余談ながら、前年の七月、香港はイギリスから中国に返還された。

④**暖冬少雪**【だんとう・しょうせつ】このあとにミヤベさんも書いている通り、この年、長野冬季五輪が行われました。冬のオリンピック史上最も南の開催地でしたが、無事開幕。無事、閉幕しました。

⑤**山田長政**【やまだ・ながまさ】十七世紀初頭、朱印船でシャムに渡り、日本人町を統率した首長。日本とシャム間の交易をすすめ、また日本人を率いてシャムの内乱、外征に加わり、武功をたてた。

⑥**異国船うち払い令**【いこくせん・うちはらいれい】一八二五年、徳川幕府が諸大名に清とオランダを除く外国船をすべて撃退することを命じた法令。

⑦**親分**【おやぶん】ここでまったくの余談をひとつ。お徒歩日記の最終回であるこの第七回は、有り難いことに小説新潮誌上でミ

ヤベのためのミニ特集を組んでいただきました。その際、オフィスの皆さんにもご協力をいただいたので、あとでささやかな打ち上げをしたのですが、その席で、大沢さんとミヤベがずっとテレビゲーム『バイオハザード2』の話ばっかりしていたので、そんなに面白いものなのかと、同席していた小説新潮編集部のスタッフがみんなプレイステーションを買いに走ったという……。でもホント、『バイオハザード』は刺激的なゲームです。カプコンさん、いつも新作をありがとうございます。『ブレス・オブ・ファイア』のシリーズも大好きです！

⑧**スペイン村**【すぺいん・むら】スペイン村行きは、平成十年の四月に実現しました。とても素敵なところで、遊園地は楽しくホテルは居心地よく食べ物は美味しく、お勧めです。関東近県の方にはちょっと遠く感じるかもしれませんが、お伊勢参りも兼ねてぜひ一度どうぞ。ミヤベは絶叫マシーンのピレネー、八回乗りました。爽快！

⑨**二見浦の夫婦岩**【ふたみがうら・の・めおと・いわ】

⑩「あるもの」【クイズ】たくさんのご応募ありがとうございました。クイズの答は「ぬいぐるみ」です。

番外篇
半七捕物帳「津の国屋」を歩く

令和元年五月十六日

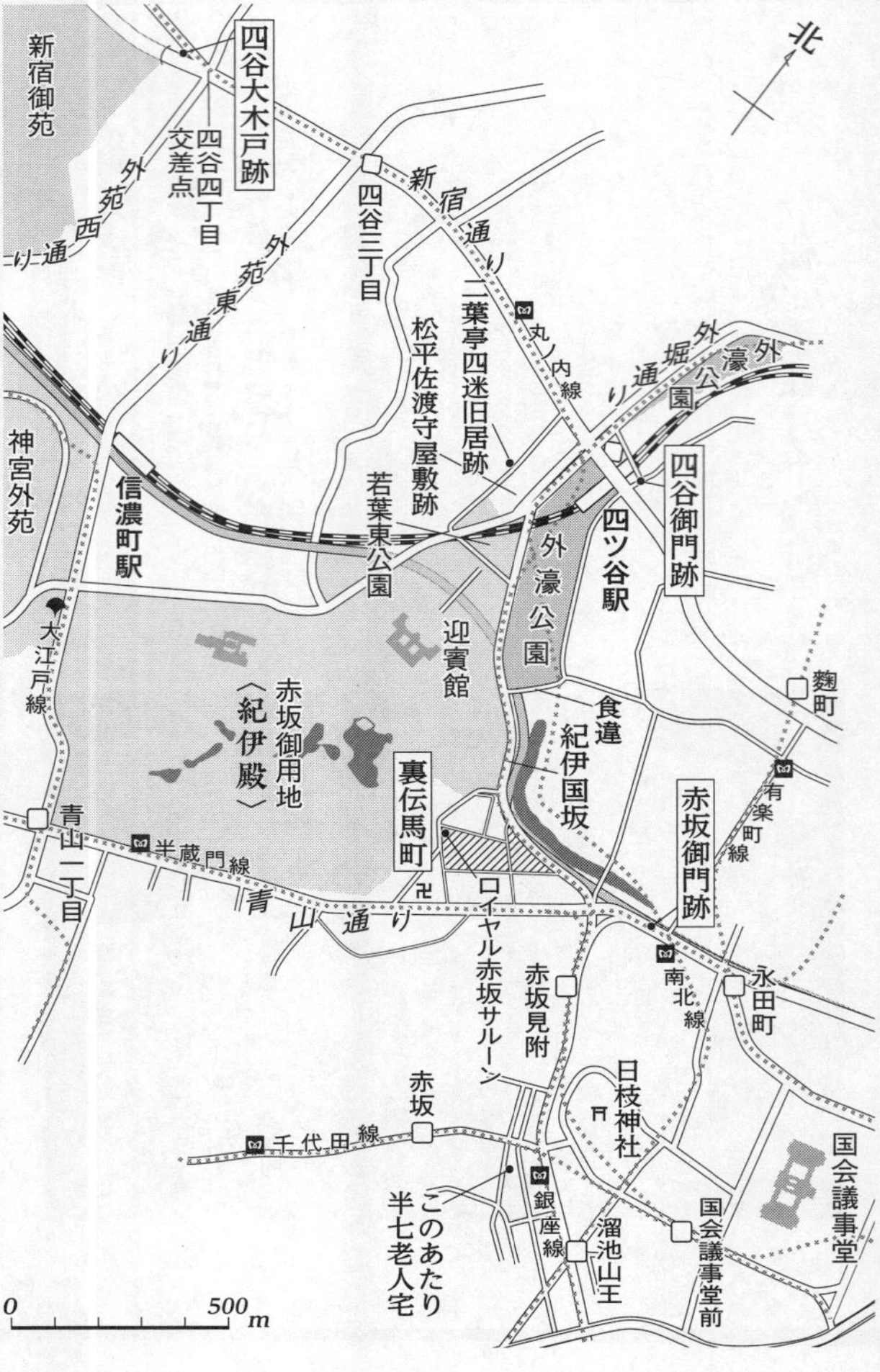
北
新宿御苑
四谷大木戸跡
四谷四丁目交差点
外苑西通り
外苑東通り
四谷三丁目
新宿通り
二葉亭四迷旧居跡
松平佐渡守屋敷跡
丸ノ内線
外堀通り
外濠公園
神宮外苑
信濃町駅
若葉東公園
四ツ谷駅
四谷御門跡
外濠公園
迎賓館
大江戸線
赤坂御用地〈紀伊殿〉
食違
紀伊国坂
麴町
有楽町線
裏伝馬町
赤坂御門跡
青山一丁目
半蔵門線
青山通り
ロイヤル赤坂サルーン
赤坂見附
南北線
永田町
日枝神社
赤坂
千代田線
銀座線
このあたり半七老人宅
溜池山王
国会議事堂前
国会議事堂
0
500m

1　時は令和、二十五年ぶりに「お徒歩」復活。

「改めて云《い》うまでもないが、ここに紹介している幾種の探偵ものがたりに、何等《なんら》かの特色があるとすれば、それは普通の探偵的興味以外に、これらの物語の背景をなしている江戸のおもかげの幾分をうかがい得られるという点にあらねばならない」

これは、半七捕物帳の第二十八話「雪達磨《ゆきだるま》」の冒頭に置かれた一文です。岡っ引きの半七親分による快刀乱麻の謎解《なぞと》きの妙と、さまざまな事件の舞台である江戸の町の様子とそこで暮らす人びとの姿が、時代考証の枠を超えて活写されていること。元祖捕物帳のこのシリーズの魅力の所以《ゆえん》が、作者自身の言葉で、ここではっきり宣言されているのですね。明快なコンセプトが「あらねばならない」と提示されているところに、教養厚い文化人でありつつ、広く多くの読者に上質な娯楽作品を提供することを旨《むね》としてきた作家・岡本綺堂の矜持《きょうじ》が見えるようで、このくだりを読み返すたびに、はるか後進の物書きの一人として、私は身が引き締まるのです。

さて、平成十年に単行本を上梓《じょうし》、その後文庫版にもなり、永らくご愛読いただいてきた拙著『平成お徒歩日記《かち》』でありますが、新たな令和の時代の初めに、文庫と電子書籍の新装版を出していただける運びとなりました。せっかくですから、一つぐらい新しいお徒歩を加えようということになり、私も担当の編集者さんたちも、迷わず『半七捕物帳』を歩こう！　と声を揃《そろ》えました。これはかつても何度か検討されたプランだったのです。

私の地元である深川一帯の散策を振り出しに、江戸城を一周したり、罪人の市中引廻しルートや赤穂浪士の討ち入り後の引き上げ道をたどったり、八丈島へ流人《るにん》気分で渡ってみたり、箱根の峠越えをしてみたり——まさしく足で稼いだお徒歩企画の発案者&命名者のE編集長と私は、昭和三十五年生まれの同い年。つまり、お徒歩を敢行し、「お徒歩日記」を小説新潮に載せた当時は三十代でしたが、令和元年の現在は立派なアラカンになっているのでございます。

「今回、理想を言うなら、半七の全六十九話を踏破したいものですが」

「それだと腰が抜けますね」

懐しい顔から新メンバーまで。お徒歩リバイバル、始動！

「膝《ひざ》が壊れます」

「お互いに休職、休筆という羽目に……」

ファイト一発！　コンドロイチンの助けを借りても、無理なものは無理。どれか一話を選ばなければ現実味がないね、という相談となり、結果としてセレクトしたのが、シリーズ中でも名作の誉れ高い「津の国屋」でした。

未読の方の興趣を削《そ》がぬよう、できるだけネタばれは避けたいのですが、〈怪異譚《かいいたん》とリアルな事件ものの絶妙なバランス〉という半七捕物帳独特の魅力の粋であるこの作品を語る（かつ歩く）にはストーリーに触れねばならず、その点をご容赦いただけますよう、事前にお願いしておきます。

2 「津の国屋」とは――綺堂作品の魅力

「津の国屋」は人気作ですから、これまで何度か映像化されています。私の記憶に残っているのは、俳優の露口茂さんが半七に扮《ふん》し、冒頭から登場して、これから始まる事件の口上を述べる――という構成のテレビドラマです。露口茂さんといえば刑事ドラマ『太陽にほえろ！』でもヤマさんというベテラン刑事役で大人気だった方で、このときの半七役もぴったりはまっていました。渋いおじさまとしての半七像は、今も忘れられません。

小説の方では開巻早々に、聞き手の青年に対して半七がこう語っています。

「これはわたくしが正面から掛り合った事件じゃありません。（中略）蔭《かげ》へまわって若い者の片棒をかついでやったわけですから、いくらか聞き落しもあるかも知れません」

こういう語り口がまた半七捕物帳の魅力なんですね。いかにも「本当らしい」。

岡本綺堂は明治五年、東京高輪生まれ。半七シリーズは、大正から昭和十一年にかけて執筆され、「文芸倶楽部《くらぶ》」など当時の雑誌に掲載されました。「半七紹介状」というエッセイ（昭和十一年）で、綺堂は半七のモデルとなった老人が実在し、その老人から聞いた話がシリーズの素になったと明かしておりまして（だから聞き手の青年＝綺堂青年なわけですが）、この「紹介状」も楽しい創作であるという可能性はさておいて（私はそれもありじゃないかと思っちゃう）、二人のやりとりに漂う「本当らしさ」は、後代の作家がどんなに資料を精査し勉強したところで醸《かも》し出し得ないものです。

「津の国屋」冒頭部分の引用を続けますと、

「あなたの御商売の畑にもずいぶん怪談がありましょうね」

「随分ありますが、わたくし共の方の怪談にはどうもほんとうの怪談が少なくって、しまいへ行くとだんだんに種の割れるのが多くって困りますよ。あなたにはまだ津の国屋のお話はしませんでしたっけね」

「いいえ、伺いません。怪談ですか」

「怪談です」と、老人はまじめにうなずいた。「しかもこの赤坂にあったことなんです（後略）」

やりとりの中で半七老人が「この赤坂」と言っているのは、昔語りをしている彼の住まいが赤坂に在るという設定だからです。

ここから、語りはいよいよ事件の発端となる出来事へと入っていきます。

「赤坂裏伝馬町《うらてんまちょう》の常磐津《ときわず》の女師匠文字春が堀の内の御祖師様へ参詣《さんけい》に行って、くたびれ足を引《ひ》き摺《ず》って四谷の大木戸まで帰りついたのは、弘化《こうか》四年六月なかばの夕方であった」

弘化四年は一八四七年。元号では弘化の一つ前が天保《てんぽう》で、一つ後が嘉永《かえい》です。嘉永六年六月には、ペリーの黒船来航という江戸時代の大きな節目が訪れる。「捕物帳」

と聞いて私たちが漠然とイメージするよりも、半七の活躍した時代はずっと明治維新に近いのですが、前述したシリーズの成立事情を考えれば、これは当然のこと。そのものずばり「異人の首」というエピソードもあります。

さて文字春師匠は、この大木戸に着く前、

「甲州街道の砂を浴びて、気味のわるい襟元の汗をふきながら」

「四谷の大通りをまっすぐに急いでくる途中で」

自分のあとにくっついてくる十六、七の女の子がいることに気がつきます。この娘が何ともうさんくさく、薄気味悪い。最初のうちは、つかず離れず寄り添ってくるのは、一人歩きが心細いからだろうと思っていた文字春ですが、あんまりしつこくついてくるので、嫌な気持ちになってきてしまいます。

それでも四谷の大木戸を越し、市中に入って心強くなったこともあり、娘に話しかけてみました。そうすると、娘の受け答えから、ますます怪しく感じられてくる。

この娘は「八王子の方から」来て、文字春の住まう赤坂裏伝馬町まで行くと言います。

「八王子から江戸の赤坂まで辿《たど》って来るのは、この時代では一つの旅である」

なのに、娘はそれらしい旅支度をしていません。さらに訊《き》いてみると、娘は裏伝馬町の津の国屋という富裕な酒屋へ、娘のお雪に会いに行くと言うのでした。

文字春はぎょっとしました。津の国屋のお雪は、文字春が常磐津を教えている弟子だったからです。お雪が津の国屋の秘蔵娘（箱入り娘）であることも承知しています。

さらにこの薄気味悪い娘は、お雪のことは知らないけれど、七年前に急病で死んだ、お雪の姉のお清には「逢《あ》いましたけれど……」という言い方をするのです。

これが現代の出来事で、たとえば二人の女性が中央線の同じ車両に乗り合わせているという場面に置き換えたとしても、こんな言い方をされたら、何とも不吉ですよね。

しかもこのあと、薄気味悪いのを我慢して連れ立っている文字春のそばから、この娘はふっと姿を消してしまうのです。恐怖にたまりかねた文字春は、明るい四谷の大通りの方へと引き返して、そこで知り合いの大工の棟梁《とうりょう》・兼吉とばったり会います。大いにほっとして、津の国屋を訪ねようとしていた薄気味悪い娘について打ち明けるのですが――

ここから先が、ショッキングなやりとりになります。

「むむう。そりゃあいけねえ」と、兼吉は溜息《ためいき》をついた。「又来たのか」

「じゃあ、棟梁。おまえさん、あの娘を知っているのかえ」

「むむ。可哀《かわい》そうに、お雪さんも長いことはあるめえ」

津の国屋と件《くだん》の薄気味悪い娘のあいだには、暗い因縁話がひそんでいるのでした。

文字春師匠は単なる脇役《わきやく》ではなく、この後に起こる一連の事件の目撃者であり、心情的に少なからぬ影響を受ける被害者の一人でもありますが、欲得抜きでお雪の身を案じるその人柄の優しさが、因縁話的怪談と悪だくみのブレンドであるこのエピソードの救いになっています。

最初に引用した半七老人の前口上にあるように、「津の国屋」はスーパーナチュラルな要素なしのリアルな事件ものでして、発端の怪奇性・中盤のサスペンス・解決の合理性の三拍子が揃った見事な本格謎解きものです。半七シリーズの好きなエピソードを尋ねられると、私はいつもこの一篇を挙げてきました。光文社文庫の『半七捕物帳』にも、北村薫さんと私が共同で編んだちくま文庫のアンソロジー、『読んで、「半七」！』にも収録されていますので、ぜひご一読ください。

と、ご紹介をひとくさり済ませたところで、我々のお徒歩であります。

まず、この発端で語られている場所を確認してみましょう。

○文字春の住まい　赤坂裏伝馬町
私が愛用している『東京時代MAP大江戸編』（光村推古書院）によりますと、赤坂裏伝馬町は赤坂御門から外堀を渡った先の西へ延びる町筋で、現在の元赤坂一丁目あたり。赤坂見附の交差点まわりのにぎやかな一帯が含まれています。現在の迎賓館や東宮御所のある赤坂御用地のところには、ただ「紀伊殿」の三文字が。文字春師匠は、紀伊様の広大なお屋敷を仰ぐ町筋に、こぎれいな家を借りて住まっていたのでしょうね。

○堀の内の御祖師様

一般に御祖師様といえば、「仏教の各宗派の開祖の尊敬語。特に、日蓮の称」（大辞林）。文字春師匠は「堀の内」のお寺さんに参詣に行ったわけです。これは現在の杉並区堀ノ内にある日蓮宗の本山・妙法寺のこと。

ここで私がおもむろにひもときますのが、今内孜《つとむ》さんの『半七捕物帳事典』（国書刊行会）。ここにも、この堀の内の御祖師様は〈堀の内村の妙法寺をいう〉とちゃんと記してあります。で、半七シリーズの別のエピソード「大森の鶏」は川崎大師へのお詣《まい》りが軸になるお話なのですが、そこでも、

「昔はわたくし共のような稼業の者には信心者が多うござんして」

という半七の前振り語りのなかで、ちらりと「堀の内（の御祖師様）」に言及さ

れていることもわかるという次第。先達のお仕事に足を向けては寝られません。

○四谷の大木戸

江戸の町作りや自治・自警組織について書かれた資料本には「木戸・大木戸・木戸番」の解説がいろいろ載っていますが、ここは引き続き『半七捕物帳事典』に頼りましょう。

〈江戸へ入る主な街道に設けられた大木戸のひとつで元和《げんな》二年〔一六一六〕の設置、往還の者を厳重に取り締った〉

江戸時代の人びとは、市中に出入する道筋の要所要所で、身元や手荷物、行き先を検《あらた》められたのですね。

〈いまの新宿区四谷四丁目の四谷四丁目交差点の中になる〉

これで場所ははっきりしましたから、「津の国屋」を歩こうという私たちのお徒歩は、

①赤坂見附の交差点（元赤坂一丁目）に集合

②杉並区堀ノ内の妙法寺（東京メトロ丸ノ内線・新高円寺駅 or 方南町駅から徒歩十五

分）まで行く（道筋はいくとおりかあったようなので、行きは四谷大木戸を通らない）
③四谷四丁目交差点へ
④元赤坂一丁目へ帰還

という行程になるわけです。

三十代のミヤベ＆E編集長でしたら、

「箱根峠をやっつけた我々です。お茶の子さいさい！」

しかし令和元年アラカンの我々には、

「無理w」

今回のリバイバルお徒歩に新たに参加してくれる若手の二人、私の単行本と文庫本担当者のダブルT編集者コンビは、

「行きましょう！」

いえいえ、ミッション・インポッシブルでございます。

ま、言い訳ですが。膝がね、辛《つら》くて。ウォーキングし過ぎて傷《いた》めちゃったんですよ。

また水が溜《た》まってしまうとイヤだし。

というわけで、妙法寺には遠く拝礼を捧《ささ》げるに留め、四谷大木戸から赤坂裏伝馬町までの、文字春師匠「恐怖の帰り道ルート」に、半七シリーズゆかりの場所をまぜこみつつ、のんびり歩こうというプランとあいなりました。

3　いざ再び、お徒歩に出発。

風薫る五月、好天に恵まれたある日の午前十時。

私たちは浅草・雷門前に集合しました。「津の国屋」には浅草界隈《かいわい》は登場しませんが、浅草寺の近くにある「半七塚」に一礼してから出発するためであります。同行してくれるカメラマンのDさんは、平成のいくつかのお徒歩にも付き合ってくれた懐《なつ》かしい顔。

「久しぶりですね～」

「あのころは、思えば無茶な企画もやっつけてましたよね」

「歳《とし》をとったら楽することを覚えちゃって」というミヤベとは違い、Dカメラマン

は今も厳しい現場に突撃する現役ばりばり。本日の行程なんぞ、

「これがお徒歩ですか？」

という感じであります。

「でもホラ、平成お徒歩も、後半ではほとんど食べ歩きルポになっちゃってたし」

掲載の都合で、季節が真夏か真冬のどっちかで、夏は冷えたビールが旨《うま》し、冬は鍋《なべ》物《もの》に燗酒《かんざけ》がまた旨しという思い出がいっぱいございます。

我が国が観光立国を目指し、もう何年も様々な奨励策を続けてきた効果があがっているのでしょう。今の浅草には外国人観光客が溢《あふ》れています。『平成お徒歩日記』を開始した当時、浅草はかなり寂れていた時期でして、仲見世《なかみせ》通りもシャッターをおろしたままのお店が目につき、下町っ子の一人として残念に思っていた私ですから、この変貌《へんぼう》ぶりには本当に目を瞠《みは》り、嬉《うれ》しく思います。

雷門の巨大な提灯《ちょうちん》の底部には、立派な龍の彫刻が施されていることをご存じでしょうか。出発に際し、私たち四人はこのドラゴン様に手を触れて、願い事をしました。『平成お徒歩日記』当時から現在まで、多くの自然災害が発生しました。福島第一原発の事故はまだ収束しておらず、やむなく故郷《ふるさと》を離れて暮らしている方々もおられます。

この二十五年の中で、多くの自然災害がありました。
「どうか平和な日常が続きますように」

「今日のお徒歩が無事に終わりますように。一人でも多くの方がお徒歩を楽しめる、平和な日常がありますように」

そう願わずにはいられませんでした。

浅草寺に参詣し、境内にある大きな瓶《かめ》から流れ出るお線香の煙を身体《からだ》にあてて病気や怪我《けが》の平癒・予防を祈るとき、私はやっぱり傷めた膝に煙をおいでおいでしたのですが、

「これからも新作のアイデアが出てきますように」

と、頭にあてることもぬかりなく。

岡本綺堂はもちろん『半七捕物帳』で有名ですが、多くの怪奇譚をものしています し、英語に堪能《たんのう》だったので、英米の優れた怪奇小説の翻訳もしています。子供のころからそれらを読んで育った結果、私は怪談好きの作家になり、今は一人で百物語を書いています。ようやく三十数話に達したところで、まだまだ先は長い。ここで念入りに祈願してから、半七塚へと向かうことにいたしました。

半七塚は浅草寺の裏手、五重塔にほど近い一角に、新緑に囲まれてひっそりとたたずんでいます。近くにはお祭りグッズのお店などがありますが、全体としては静かな住宅街。浅草寺境内や仲見世の喧噪《けんそう》が嘘《うそ》のようなところに、雀《すずめ》がちゅんちゅんしてい

て愛らしい。

半七塚の裏側には、野村胡堂が碑文を寄せています。そう、捕物帳世界のもう一人の有名親分、「銭形平次」の作者の野村胡堂です。

「リスペクトを感じますね」

シリーズとしてエピソードが連続ドラマ化されることは少なかった「半七」と比べると、『銭形平次捕物控』は、大川橋蔵さんが演じた平次のカッコよさ、舟木一夫さんが唄《うた》う主題歌の効果もあいまって、長く続いたテレビドラマの記憶の方が鮮やかかもしれません。おっちょこちょいの子分・八五郎の「親分、てぇへんだ！」は、捕物帳を書こうというとき、今も私の頭をよぎります。

半七塚のお隣には、「弁士塚」という大きな石碑も立てられています。映画が音声なしのサイレントだった時代に、映像に合わせてストーリーを説明する役割を果たしたのが弁士、活動写真の弁士を縮めて「活弁」と呼びました。この碑の筆頭に名前が彫り込まれているのは徳川夢声です。私より十歳ぐらい上までの世代では、吉川英治の『宮本武蔵』を、本で読むよりも先に夢声さんのラジオ朗読で聴いたという方が大勢いらっしゃるのではないでしょうか。

それと、弁士といえば、横溝正史の『悪魔の手毬唄《てまりうた》』ですよ。なぜ？　という理由を述べるとネタばれにつながりそうなので多くは書けませんが、ご存じの方はピンときますよね。市川崑監督の映画では、本格的に映画全編がトーキーとなった『モロッコ』のラストシーンの映像にかぶせて、岸恵子さんが、

「ずいぶんと（この映画を）恨んだものです」と語る場面が忘れがたいです。

「半七塚の隣に弁士塚があるなんて、ミステリーつながりで納得！」

と、記念写真をぱちり。観光客でにぎわう上に、ちょうど三社祭の前というタイミングもあっていっそう華やかな浅草寺界隈をさらに散策し、鰻屋《うなぎや》さんでちょっと早めのランチをとることに。

鰻屋さんはお客の注文を受けてから焼き始めるので、時間がかかります。多くの時代小説では、男女が「鰻が焼けるまで」を言い訳に逢い引きしたり、悪人どもが悪だくみをしたりして、この時間を有効に使っております。

私たちは汗を拭《ふ》き、半七・平次からのつながりで、近ごろめっきり減ってしまったテレビ時代劇を復興するにはどうしたらいいのだろう？　なんて話をしておりました。

4　半七親分はどこに住んでいた？

『半七捕物帳』で語る半七老人の住まいは赤坂にある――と書きましたが、作中の半七親分はどこに住んでいたのでしょう。

「三河町の親分」ですからね。神田三河町です。半七は若いころに道楽の味を覚えて今で言う「半グレ」になってしまい、生家を飛び出して、吉五郎という岡っ引きの子分になります。そして後年、吉五郎の娘・お仙《せん》をもらって入り婿《むこ》になり、住まいと縄張りをそっくり受け継いで一本立ちの岡っ引きになるのです。

『半七捕物帳』シリーズは、季節とか、旬《しゅん》の草花とか、聞き手の青年のちょっとした一言がきっかけになり、半七老人がそれに関係のある思い出を語る――という構成なので、お話の年代があちらこちらします。ですから、吉五郎親分の子分時代の若々しく元気がいいけどまだ経験不足の半七と、若いものの蔭にまわってサポートしてやるほどのベテランになった半七の姿を読み比べるという楽しみもありますよ。

東京の街は、大きな節目を迎えるたびに変化してきました。「江戸のおもかげ」を色濃く残しているところもあれば、「東京」になってからの変化だけでもめまぐるしくて、昔の姿が消えてしまっているところもあります。来年夏にオリンピックを控えて、今こうして私たちが歩いている令和元年の東京も、また変わってゆくことでしょう。

今井金吾さんの『「半七捕物帳」江戸めぐり』（ちくま文庫）という有り難いガイドブックを頼りに半七の住まいを訪ねていきますと、

「どうやらこのへんですよね」

という地点には、ガラス張りの瀟洒《しょうしゃ》なビルが立っていました。ただ、吉五郎親分のエピソードとして語られる「白蝶怪《はくちょうかい》」（このお話のなかでは、吉五郎はなかなか出てこないんですけどね。ちなみに、これがおつもりの第六十九話です）にちらりと記述のあるお稲荷《いなり》さんは、今の内神田一丁目にある「御宿《おやど》稲荷神社」で間違いなさそうです。

「おれも朝湯の帰りに覗《のぞ》いて来たが、朝からお稲荷さまは大繁昌だ」

「それじゃあ、わたしも早くお参りをして、お神酒《みき》とお供え物をあげて来ましょう」

これが吉五郎親分と女房のお国の会話です。お神酒もお供え物も持参していない私たちですが、お参りして記念写真をぱちり。ここまでの街歩きは、なにしろ平日の午

願い事はできるだけ具体的に言上しましょう。

後ですし、浅草と違ってビジネス街なので、すれ違うのは背広姿や制服姿の会社員の皆さんばかり。とっても不審なお徒歩隊なのでございます。

江戸市中にはお稲荷さんが数多くあり、敬愛されていたそうです。私は昔、杉浦日向子さんにこんなふうに教えていただきました。

○お稲荷さんは庶民の神様で、商売の神様。

○願い事はできるだけ具体的に、声に出して、名乗ってから言上するべし。

○願い事がかなったらすぐにお礼しないと、ご機嫌を損ねてしまいます。

つまり「○○のテストで百点とれますように」「バレンタインデーに意中の彼がチョコを受け取ってくれますように」「風邪をひかずに次の決算期を乗り切れますように」等々の願い事をして、無事かなったら、油揚げやいなり寿司《ずし》を供えて「ありがとうございます」と。難しい手続きは要らない、親しみやすい神様なんですね。

私の自宅の近所で、ぶらぶら散歩する範囲内に限っても、五つのお稲荷さんがあります。全《すべ》てきれいに手入れされており、お参りする人が絶えません。江戸のおもかげが今も残る、いちばん身近なスポットです。

5　人は善きものであり、悪しきものでもある。

いよいよ四谷の大木戸へ。

この日は夏日だったので、文字春師匠と同じく、私たちも汗をかいていました。四谷四丁目交差点には陽ざしが照りつけ、五月だというのにもう夏真っ盛り。怪談の雰囲気なんて一ミリもありませんが、大きなビルの足元でひっそりと植え込みに囲われている「四谷大木戸跡」の碑の前に立つと、ひんやりしました。

「この冷気、意味深ですね」

「薄気味悪い娘が出てくるんじゃ——」

「日陰だから涼しいだけですよ」

身も蓋《ふた》もありませんが、そんな感じ。

この大木戸に至るまで文字春が歩いてきた「四谷の大通り」は、また『半七捕物帳事典』をめくりますと、

「内藤新宿から四ッ谷御門に向かういまの新宿通りの一部をいう」

ここから先の文字春の足取りも、

「四谷の大木戸からこの通りを『四ッ谷御門』に向かい、御堀端を右へ折れて松平佐渡守の屋敷前を通って赤坂へ帰って行ったことが判《わか》る」

ご教示ありがとうございます。

四ッ谷御門は、現在のJR四ッ谷駅のあるところです。外堀は駅の北側の外濠《そとぼり》公園からこっち側は埋め立てられてしまい、現在は道路と駅に渡る高架があるばかり。平成のお徒歩をしていたころから何度となく思ったことですが、もしも東京が「水の都・江戸」の水路をそっくり残したまま現代的な都市に成長していたなら、どんなにか美しかったことでしょうね。ヒートアイランド現象も、今よりだいぶましだったかもしれません。

四谷四丁目交差点から四ツ谷駅前までは、東京メトロ丸ノ内線の真上を歩く一本道です。

「暑いですけど、駅の近くにいい感じの喫茶店があるので、そこまで頑張りましょう」

下調べしてくれた文庫のT編集者の励ましと、途中で見つけたチョコボール専門店のおかげで、スタミナ切れにならずに済んだミヤベでございます。

ひんやりとした四谷大木戸跡。文字春師匠もこの〝寒気〟を感じたのかもしれません。

余談になりますが、現代の実話怪談を読んでいると、ときどき「四谷大木戸跡」にからむお話を見つけます。いわゆる事故物件怪談が多いのですが、なぜでしょうね。あてずっぽうですが、「四谷四丁目」と「四」が重なるのが、何となく不吉なイメージを醸し出すのでしょうか。

気の毒な文字春師匠は、寂しい御堀端に出て、佐渡守の屋敷前を通り過ぎたところで、うろんな娘がふっと姿を消してしまったもんだから、怖くなってまた大通りの明るいところへ引き返しました。どこまで戻ったのかわかりませんが、堀の内へ行ってきた帰り道ですから、いくら江戸の人が健脚だったとはいえ、疲れたでしょうね。気付けに、チョコボールを差し上げたい。

「変な娘が姿を消したのは、だいたいこのへんでしょうかねえ」

若葉東公園の脇を通り、紀伊国坂《きのくにざか》の手前まで歩いた私たちは、面白い発見をしました。

〈二葉亭四迷旧居跡〉

文字春師匠を脅かした娘が消えたあたりには、近代になって、二葉亭四迷が住んでいたんですね。文字春さんが怖がるより腹を立てて、娘が消えた御堀端の闇《やみ》にむかって、

「くたばってしめぇ！」

と叫んでいたら、「津の国屋」は全然ちがうお話になっていた――はずもなく。

半七シリーズには、「津の国屋」とは正反対に、リアルな事件・謎解きものでありながら幽霊譚的な後味を残すエピソードもあります。江戸のシャーロック・ホームズである半七親分は、「色と欲」に動かされがちな人の性《さが》と、根っからの悪人ではなくても悪に流されてしまう人の弱さを知り尽くした上で、どんな事件にも合理的な謎解きを試みます。偶然の導きで解決する事件もあれば、運命の糸に搦《から》めとられて悲劇に堕《お》ちてゆく者を見送るだけの事件もあります。

人は善《よ》きものであり、悪《あ》しきものでもある。強きものであり、弱きものでもある。人が欲して憧《あこが》れるものと、忌《い》み嫌い怖がるものは、実は表裏一体なのだ。それを踏まえて、岡本綺堂は半七シリーズを書き、その一方で多くの怪異譚を書きました。人の心が理屈で割り切れないものであるからこそ、理屈に収めてルールを守り合うことで、初めて社会は成り立つ。ルールに光を当てれば捕物帳になり、ルールで掬《すく》いきれない闇を見つめれば怪異譚になる。

ミステリーを書きつつ怪談が大好きな私には、昭和も平成もこれからの令和の時代にも、岡本綺堂は尊敬する憧れの作家です。その思いを噛《か》みしめながら、打ち上げのお蕎麦《そば》に舌鼓《したつづみ》を打った、初夏のリバイバルお徒歩でありました。

ここから先に収録されている二つのエッセイは、まだ「お徒歩日記《かち》」の企画が立ち上がる前に書いたものです。とりわけ、「剣客商売《けんかく》『浮沈《ふちん》』の深川を歩く」は、お徒歩日記の起点となったものでした。『こちらブルームーン探偵社』(古い!)とか最近では『Xファイル』とか、米国のテレビシリーズが始まる前には、たいていの場合、まずパイロット版というのが放映されますね。まあ、ノリとしてはあれに近いものがあるとお考えください。其《そ》ノ壱のところでも書きましたが、この深川歩きが思いのほか好評だったのと、勉強になり、かつ楽しかったことが頭に残っていて、やがて「お徒歩」につながっていったわけです。

剣客商売「浮沈」の深川を歩く

平成五年三月十七日

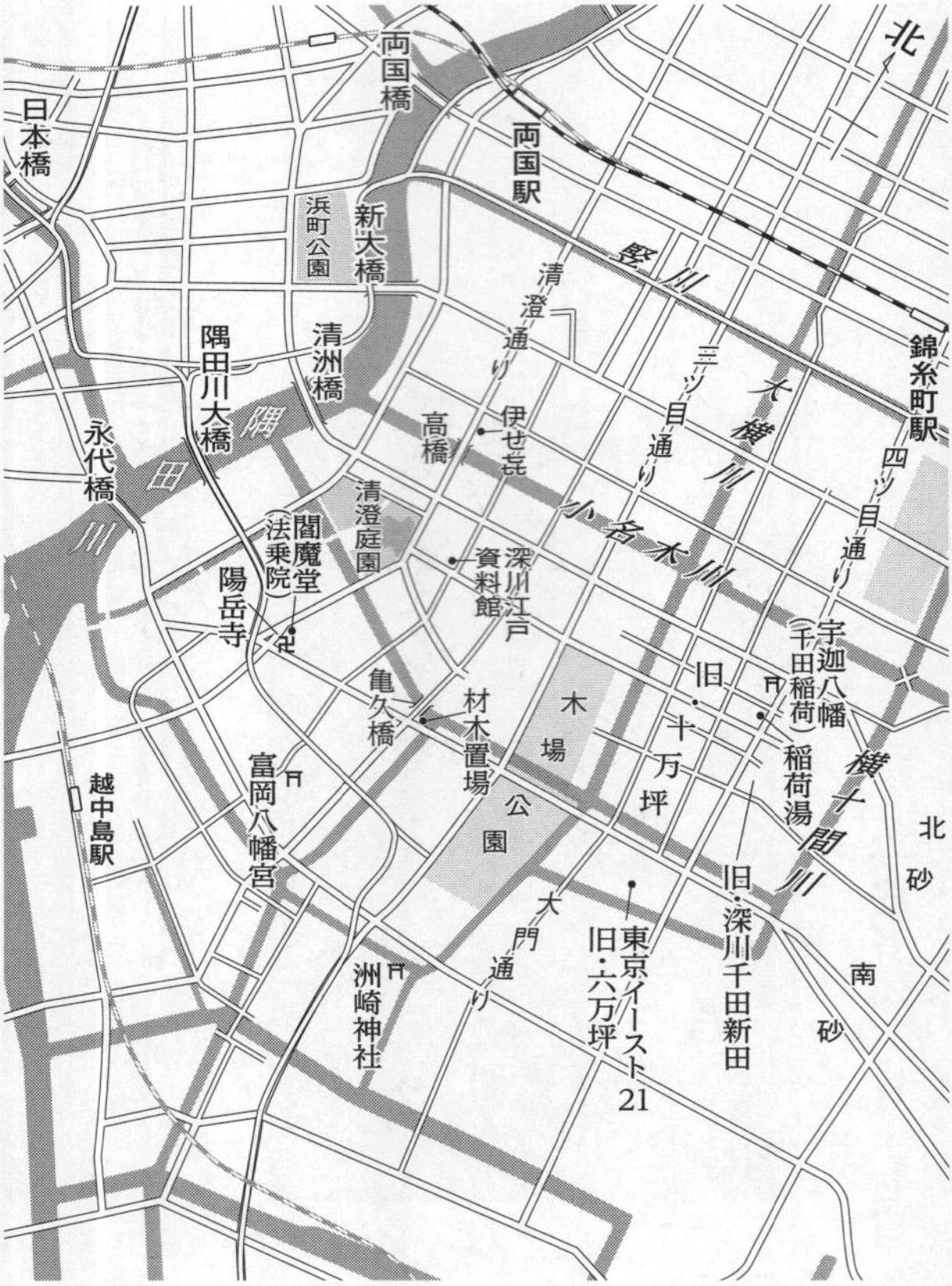
北
両国橋
日本橋
両国駅
浜町公園
新大橋
竪川
錦糸町駅
清澄通り
隅田川大橋
清洲橋
三ツ目通り
大横川
永代橋
隅田川
高橋
伊せ喜
四ツ目通り
清澄庭園
閻魔堂
(法乗院)
小名木川
深川江戸資料館
陽岳寺
宇迦八幡
(千田稲荷)
旧・十万坪
亀久橋
材木置場
木場公園
稲荷湯
横十間川
越中島駅
富岡八幡宮
北砂
旧・深川千田新田
大門通り
東京イースト21
旧・六万坪
洲崎神社
南砂
0
500m
1
km

暦《こよみ》の上の名ばかりの春の二月初旬、池波正太郎さんの「剣客商売」シリーズ最終巻『浮沈』に描かれている深川を散策し、深川飯やどぜう鍋《なべ》を味わおうという、なんとも魅力的なこの企画が持ち込まれたとき、「否《いな》」というほど謙譲でもなくまた食いしん坊のわたくし宮部みゆきは、ふたつ返事でお引受けしたのであります。

「深川なら、はっきり言ってワタシの縄張《しま》です。まっかしといてください！」

などと薄い胸を張りつつ、カレンダーにしるしをつけてワクワクと待つこと一ヵ月。わたしと小説新潮編集長の校條さん、写真部の田村さん、春の異動で週刊新潮から小説新潮へ移り、わたしの新しい担当者となってくれる江木さんの四名は、快晴の三月十七日正午、勇躍、深川めぐりへと出発いたしました。以下の拙文《せつぶん》は、『浮沈』の魅力的な物語世界にちらりと触れつつ、散策の顚末《てんまつ》をあますところなく記した道中記でありますが、この数ページのあいだに、「縄張です」というワタクシ宮部みゆきの力強い発言がほとんど詐称《さしょう》であったということとか、新編集長校條さんの作家には知られざる素顔の一端ですとか、いつもニコニコ優しいカメラマンの田村さんが、いかにして、その辺のありふれた風景を一枚の「写真」として仕上げてしまうのかという秘密とか、新担当者の江木さんのひそやかなる珍しい趣味ですとか、衝撃の事実が多々飛び出して参りますので、読者の皆様には、カクゴを決めてお読みくださいますようお願い申し上げる次第であります。

いや実際、愉快な半日でありました。

「中吉」のおみくじでスタート

さて。

池波さんの『剣客商売』は、今さら申し上げるまでもなく、数多いファンを勝ち得ている時代小説の傑作シリーズのひとつでありますが、そのなかに、自分の生まれ育った深川が主な舞台となっている作品があるということを、浅学《せんがく》なわたしは知りませんでした。この作品『浮沈』は、秋山父子《おやこ》の父のほう、秋山小兵衛《こへえ》が、二十六年昔、齢《よわい》四十のときに、深川は十万坪《じゅうまんつぼ》にある千田稲荷《せんだいなり》裏手の草原で、ある敵討《かたきう》ちの立ち会い人となったことがある——という回想から幕を開けます。このとき小兵衛は、父の敵を討とうとする滝久蔵《きゅうぞう》という門人の若者の側について、相手方の立ち会い人であった山崎勘介《かんすけ》という侍と切り結んだのですが、すさまじいまでの山崎勘介の気合いと豪腕に圧倒されかかり、実にきわどいところで辛勝《しんしょう》したのでした。

回想として小兵衛の口から語られるとはいえ、冒頭のこの果たし合いの場面は、読者の胸倉をとらえてぐいと引きずりこむような緊迫感に満ちています。そして、わたしたちの深川めぐりは、果たし合いのあったこの千田稲荷を始め、作中に登場する主立った地名や建物を、ひとつひとつ確認して訪ねてゆこうというプランでスタートいたしました。

まずは、門前仲町《もんぜんなかちょう》にある富岡八幡宮《とみおかはちまんぐう》の境内に集合。本日の道中が実り豊かでありますようにと、全員で参拝。おみくじを引いてみたところ、わたしのは中吉。あとは運が落ちるばかりの大吉よりも幸先《さいさき》がいいと、一同喜んだのでした。

わたしの生まれ育った家は、この富岡八幡宮から、徒歩で三十分ほどのところにあります。千石《せんごく》という地名ですが、『浮沈』で敵討ちがあったと設定されている宝暦《ほうれき》八年（一七五八年）のころといったら、まだ何もない、ただのじめついた原っぱだったところだろうと思います。わたしの祖先がここに住み着いたのがいつごろのことなのかはわかりませんが、とにかく、ここに居ついてわたしで四代目だということに間違いはないそうです。

『浮沈』に限らず、我が深川を舞台に描かれている時代小説を読むと、いつも感じるのは、「こんな殺風景な新開地に住み着いて、うちの御先祖さまはいったい何をして暮らしてたんだろうか？」ということであります。四代住み着いているというのはわたしの母方の先祖で、父方のほうは深川よりももっと東の砂村《すなむら》、現在の砂町にいたのだそうですが、どっちにしろ似たようなもの。時代考証の本を読んでも、本所《ほんじょ》や深川というのはきわめていかがわしい場所で、脛《すね》に傷持つ連中が逃げ込んでひそむには格好のところだったとか、このあたりにある武家の下屋敷《しもやしき》の中間《ちゅうげん》部屋は賭場《とば》と化していたとか、日本橋あたりの大店《おおだな》の娘がひとりで深川あたりへ足を踏み入れたら、もうそれだけで嫁にはいけなくなってしまったものだとか、とにかく良い話は出てこない。察するに、ニューヨークのブルックリン①みたいなところだったらしいのですね。そんなところで、うちの御先祖さまは何を生業《なりわい》にしていたのだろうか？

「貧乏人だったはずだ」というのが、わたしの母の見解であります。「貧乏」というのは生業の名称ではないと思うけど、わたしもそれには、敢《あ》えて「否」と唱えません。

場所は、深川の千田稲荷裏手の草原であった。
このあたりは、俗に「十万坪」とよばれている埋立地で、享保のころ、深川の商人が幕府へ願い出てゆるされ、十万坪の新田開発をした。
土地《ところ》の人びとは、このあたりを「千田新田」とか「海辺《うみべ》新田」とかよんでいるが、人家もなく、田畑も少ない。一面の葦の原に松林が点在するといった風景で、近くに木場（江戸の材木商が集中している町）や、八幡宮の盛り場があるとはおもえぬほど、景観は荒涼としていた。

（池波正太郎『剣客商売　浮沈』より）

挿絵・中一弥
「小説新潮」平成元年二月号に掲載

唱えませんが、しかし、

「もしや、木場《きば》の材木問屋の番頭さんだったとかいうことはないかしらね」

と言ってみると、母はすげなく、

「だとしても、女かバクチで身を持ち崩して追い出されちゃったってクチだろうね」

稀代《きたい》の放蕩者《ほうとうもの》で地元にその名を轟《とどろ》かせていた父親（つまり、わたしの祖父）をよく知っているので、母は、自分の血筋について一片の幻想をも抱いていないのですな。

そこで、父に同じ質問を持ちかけてみますと、さすがに父はロマンチストでありました。「うちみたいに教育のない一家から、突然おまえみたいな小説家がぽんと飛び出してきたんだから、先祖にも偉い人がいたに違いない」と言います。だけどお父さん、アタシは小説家だけど、だからってエラくはないんだよ、ちっとも。

「そうすると、けっこうお金持ちだったりしたかしらね」

「そうかもしれない」と、父は自信ありげです。「幕末に、矢部駿河守《するがのかみ》って町奉行がいただろう？」

「あの、鳥居耀蔵《ようぞう》にはめられて失脚しちゃったヒト？」

「そうそう、あれはな、おめえ、うちの御先祖だぞ」

にわかには信じられないなあ。姓が同じだってだけじゃない（わたしの本名は矢部というのです）。

父の希望的観測はさておき、とにかく、この地に住まっていたのは、治安がよく、早い時期から町役人制による町政の管理が行き届いていた御府内《ごふない》に暮らしていた人々よりも、かなりしたたかでしぶとく、お金はないけど根性だけはあるという人々であったことに間違いはないでしょう。あの東京大空襲で一家九人ひとりも失わず、無傷で生き延びた父方の家族や、空襲後の焼け野原にいち早く棒杭《ぼうくい》で柵《さく》をこさえて自分ちの敷地を確保してしまったという母方の祖父の逸話を知るにつけても、ワタクシもそれには自信をもってうなずいてしまう。御先祖さまはしぶとかったのだ！

話が大きくそれてしまいましたが、参拝のあと、並びにある深川不動の仲見世《なかみせ》に「深川飯」の幟《のぼり》を見つけ、我々はいそいそと引き戸を開けました。まずは昼飯。

深川飯は、大根の千切りやざくに切った葱《ねぎ》と浅蜊《あさり》の剝《む》き身を炊《た》きあわせ、それを熱々のご飯に汁ごとぶっかけて食べるという、きわめてざっかけない丼《どんぶり》であります。

我が家でもときどきつくりますが、醬油《しょうゆ》と味醂《みりん》、砂糖を少々の味付けで、なかなか美味なものです。『浮沈』では、秋山父子がこの深川飯を味わうことはありませんが、「仕掛人梅安《ばいあん》」のシリーズのなかには、梅安と彦《ひこ》さんが、まずは鍋にかけた大根と浅蜊で酒を飲み、そののち、汁を飯にかけて食べるという場面がありました。

この小さな食堂で味わった深川飯は、全体に味付けが濃く（わたしには甘みが強すぎるように感じられました）、おまけに、具のなかに、賽《さい》の目に切った厚揚げが入っていました。これにはちょっと、ピンとこなかった。

「こういうものですか？」という編集長の問いに、わたしも首をひねりました。

「うちでつくると、もっと浅蜊が多いです」

「でしょうねえ」

名物というのは、世に広まると、こんなふうになってしまうものなんですね。

残っていた木場の材木置場

やや不発だった昼飯を終えた我々は、今後の散策コースを決めるために、ゆっくり地図を広げることのできる店へと河岸《かし》をかえました。入ったところが、永代《えいたい》通りぞいにあるイタリアン・トマト。またまた余談ですが、十数年前、あのイタリアン・トマトが門前仲町にできる！　という話をきいたとき、わたしたちは、これで門前仲町も都会化するぞと大いに期待したものでした。なんてったって、あのイタトマが出店してくるんだもんね。

ところが、蓋《ふた》を開けてみたらあにはからんや。門前仲町がイタトマ化するのではなく、イタトマが門前仲町化してしまったのでした。下町の同化力は、かくも強烈なのです（ですから、余計なお世話だと怒られそうだけど、わたしは今、鹿島《かしま》建設が豊住《とよすみ》橋のたもとにどかんとぶち建てたニュー・シティ「東京イースト」が、このイタトマと同じ命運をたどるのではないかと、ちと心配しております）。

広いテーブルで古地図《こちず》を広げ、『浮沈』のページを繰り、池波さんの書かれた『むかしの味』や『剣客商売庖丁《ほうちょう》ごよみ』などをめくりながら、今後のコースを検討。田村さんの発案で、まずは、木場の名残を残す光景を探し、そののち、洲崎《すさき》神社をのぞいてみようということになりました。

「『深川江戸散歩』のなかに、こういう景色があるんですよ」

と、広げて見せてもらったページには、たしかに、「堀沿いの木材問屋木場」というキャプションで、古びた木造の建物と、そこにたてかけられている材木とが写っています。

しかし、わたしは、「木場の材木屋さんはあらかた新木場に移転しちゃって、もうこの近辺には、こういう建物は残ってないと思いますよ。全然見かけないもの」と、自信を持って断言してしまいました。だって、ホントに見かけないんだもの。

「そうすると、タクシーで新木場へ行ってみるしかないですかね」

編集長のひと声で外へ出、通りかかったタクシーに乗り込んで、運転手さんに先程の写真を見せ、「こんな感じの場所はありませんかね」と質問。

すると、運転手さんは答えました。「ありますよ。残ってますよ、この近所に」

そのときまで、(地元っ子さ) という感じで小鼻ピクピクさせていたわたしは、これにはビックリ。

「え、本当にありますかあ?」

「ありますよ。私は地元っ子ですから、よく知ってます」

きいてみると、運転手さんはわたしの中学の先輩で、高校は、ふたつ年上のわたしの姉と同じところを出ているというではありませんか (深川高校といいます)。エー、じゃ、本当に仲間じゃないですか。

そして、このへんじゃないですかねえ……という感じで、ぐるりを走ってもらっているうちに、「あ、ここだここだ」という場所が見つかったのです。富岡八幡のすぐ裏手、冬木町《ふゆきちょう》の運河ぞいに。

「あった……」と、わたしは絶句。

「写真は魔物」、「上手に嘘をつく」 などと申しますが、下町の風情がいまもこうして残っていることは、なにはともあれ、うれしいではありませんか。木場にて。

ひとつ弁解しておきますと（潔《いさぎよ》くないなあ）、地元の人間としては、そのへんの風物というものは、なんとなく見過ごしてしまうのです。見慣れていますからね。それと、写真というのは魔物だなと思ったのですが、たしかに、アングルを工夫して撮ると、マンションの谷間にひっそりと残っている古ぼけた材木屋さんの建物が、いかにも、下町の風物の一ページを切り取ったかのごとく見えてくるのです。

「写真は上手に嘘《うそ》をつくからねえ」と笑いつつ、田村さんは、複雑な笑顔を浮かべるわたしと、問題の材木屋さんとを、カメラにおさめてくれたのでした。この写真もまた、「深川の情緒」をたたえたものになるのだろうなあ。

地元っ子運転手さんの案内で、次は洲崎神社へ。ここは岡場所《おかばしょ》のあったところで、今もその名残を地名にとどめています。たとえば「大門《おおもん》通り」というのは、洲崎の大門へ通じる道だったという具合。

この小さな境内を散策しているとき、わたしの新担当者の江木さんが、週刊新潮御《ご》用達《ようたし》のメモ用紙に、なにやら書き留めているのに気がつきました。

「何かいてるんですか？」

「いえいえ、たいしたもんじゃないんですが」

隠すところが怪しい。どれどれと見せてもらうと、神社の社殿にかかげられている紋を描き写してあるのでした。

「こういうの、研究しているんですか？」

「研究というほどじゃないですが、好きなんですよ。本当は、西洋の紋章のほうが専門なんですが」とはにかみつつ、「十年ぐらいたったら、この分野の第一人者に——」

「凄《すご》いですねえ」

「といっても、専門に研究してるひとが三人ぐらいしかいませんからね」

入賞確実なわけですな。なるほど。

敵討ちの現場発見

こぢんまりとしていて、一種独特の水商売の雰囲気を漂わす洲崎神社を離れ、次に向かうのは、『浮沈』冒頭の敵討ちの舞台となった千田稲荷であります。で、これからが、さあお立ち会い。

千田という地名は現在もあり、千田町という町名で、都営バスのバス停も存在しています。しかもそれは、会社勤めをしていた十年間、わたしが日々通勤に使っていたバス停であるのです。

ですから、編集長に、「千田町という地名はありますが、そこにお稲荷さんはありますかね？」と尋ねられたとき、今度こそ、わたしは万全の自信を持って、「ないです。見たことないです。千田町にはお稲荷さんはありません」と答えることができたのでした。

「まったく？」

「はい、ありません」

ただ、材木屋さんの一件で多少自信喪失気味のわたしは、「念のために、うちに電話かけて母にきいてみましょう」と申し出ました。そして、電話口に出てきた母が、「千田稲荷？　きいたことないねえ。あのへんにはお稲荷さんはないよ」というのを聞いて、内心、ほっと安心。

「ねえ、ないよね。古地図には載ってるんだけど」

「戦争で焼けちゃったんじゃないの」

「それそれ、それだね、きっと」

意気揚々と引き上げてゆくと、地元っ子の運転手さんも、「千田稲荷ってのは知りませんね」と首をひねっているところ。それでますます安心。

「ちょっと、近所できいてみましょう」

納得がいかないのか、運転手さんがそう言って、そのあたりにあるお店に聞き込みにいってくれました。我々は日だまりにのんびりと立ち、あたりを見回し、

「のどかですねえ」と編集長。

「高い建物がないんだね」と田村さん。

「引っ越してきたくなりますねえ」と江木さん。

「そうでしょう？　いいところでしょ？」と、悦にいるワタクシ。実を言うと、スペースと家賃の都合で、現在は葛飾区に仕事場を持っているわたしも、この散策ですっかり里心がついてしまい、また深川へ帰ってこようかな……などと考えていたのです。

そこへ、喜色《きしょく》満面という感じの運転手さんが戻ってきました。大きな手振りで、

「このすぐ裏手です。すぐそこだそうです」

ここでまた、わたしは「ウッソー」と叫びそうになりました。

運転手さんのさし示した方向には、たしかに、神社があるのです。宇迦《うか》八幡というお社《やしろ》で、境内には滑り台やブランコなどがあり、近所に友達が住んでいたこともあって、小学生のころのわたしは、さんざんそこへ遊びに来たものでした。すぐ近くに稲荷湯という銭湯があって、近隣のほかの銭湯とは定休日が違っていたため、ときどき

利用することもありました。とにかく、境内に立って拡声器で「おかあさーん」と呼びかければ、自宅の母に聞こえてしまうというくらいの御近所。まさに、わたしの縄張《しま》中の縄張です。

「えー、あれは宇迦八幡ですよ。千田稲荷じゃないですよ。違いますよ、絶対違いますって」

躍起になって否定するわたしの顔色に、他の三氏も運転手さんも不思議顔。また実際に境内にあがってみても、見えるのは「宇迦八幡」の名称だけなのです。

「同じ深川のなかでも、ここだけは富岡八幡宮の氏子《うじこ》じゃなくて、お祭りも別にやるんです。立派な御神輿《おみこし》もあるんですよ」

「なるほどねえ」

境内のあちこちを歩いて写真を撮ってもらいながら、わたしはひたすら、ここは宇迦八幡であって千田稲荷ではないと主張し続けました。「これには自信あるんですよ」

「子供のころから遊び場にしてたんじゃね」

やっぱり、千田稲荷というのはなくなってしまったんだろうね——などと、わたしと田村さんと江木さんが話し合っているとき、遠くから編集長の呼ぶ声が聞こえてきました。

「お、何か発見したらしい」

見ると、校條編集長は、神社のすぐ入口に立てられている、真新しい石碑のそばにいるのでした。

田村さんを先頭に我々が駆けつけてゆくあいだじゅう、編集長は鰹節《かつおぶし》をもらった猫みたいな表情で、一本指で手招きをし続けていました。そして、集まった我々に一言。

「ここに書いてあります」

と指さす石碑には、たしかに、たしかに、昭和に入って、千田稲荷が宇迦八幡になったのだという来歴《らいれき》が、しっかりと彫りつけられているのです。

「名前が──」

「変わってたんですね」

「いやあ、しかし、さすが編集長」

「よくわかりましたね」

口々に言う田村さん、江木さんの傍らで、わたしはただただ呆然《ぼうぜん》です。宇迦八幡が千田稲荷だった──わたしはこの神社の境内でずっと遊んで育ったのに、来歴については何も知らなかったんだぁ。

(考えてみれば) 心中、ひそかに嘆息。(八幡様のそばの銭湯が稲荷湯というのはおかしい。疑ってみるべきだった……）

だけど、こんなこと、誰も教えてくれなかったんですよ。

「つまり、この社の裏手の草原で、小兵衛は山崎勘介と斬《き》り合ったわけですね」

『浮沈』の世界にひたりきる皆様の脇《わき》で、わたしは、ミヤベの親分はこの縄張を仕切ることができないので、十手《じって》を返上して隠居しようかしらなどと考えていたのでした。

地元っ子の地元知らず。ホント、身にしみましてございます。

下町の味でおなかいっぱい

千田稲荷の衝撃の発見をあとにして、わたしたちは、門前仲町方向へ逆戻りをし、陽岳寺《ようがくじ》へと向かいました。小兵衛が妻のおはるのあやつる舟で深川は亀久橋《かめひさばし》の北詰にある蕎麦屋《そばや》「万屋《よろずや》」を訪れ、そこで二十六年ぶりにかつての門人《もんじん》滝久蔵を見かけ、ひそかに尾《つ》けさせてみると、滝は陽岳寺へ入っていった――というくだりがあるからです。このお寺さんは、『浮沈』のなかで、物語の要《かなめ》となる場所のひとつです。

現在の陽岳寺は禅寺で、一般人は、みだりになかへ入ることができなくなっていました。『浮沈』のなかで描写されている、周囲に走る運河も、そこに漂う小舟もなく、清澄通りを行き交うせわしない車の群れと、周囲を取り囲む大小のマンションやビルが見えるだけです。

「ここには、面影はありませんね」

我々は早々に陽岳寺をあとにし、そこから徒歩で十分ほどのところにある、深川江戸資料館を訪れることにしました。

途中、通り道にある閻魔堂《えんまどう》をのぞき、そこでわたしはロウソクを献納《けんのう》しました。平日のことでほかに人影はなく、薄暗いお堂のなかで、閻魔さまの像の前に立つと、なんとなく怖いような気分にもなります。

「お賽銭《さいせん》を入れると、閻魔さまの教えが聞けるようになってるんですね」

閻魔像の前に据えられたいっぷう変わった賽銭箱には、それぞれ「家内安全」「交通安全」「良縁祈願」「怨敵《おんてき》退散」など十数個の札が立てられており、そこにお賽銭を投げ入れると、札のタイトルに見合ったお説教を聞くことができるのです。つまり、②オートマチック閻魔さまね。

「おもしろい、やってみましょう」

お賽銭を投げ入れると、閻魔像の背後からパッとライトが照らし、仏様の教えを説く朗々とした声が流れてきます。我々、おもしろがって、ひとりでふたつもみっつもお説教を聞いてみました。わたしがどのタイトルを選んだかと申しますと、「商売繁《はん》盛《じょう》」と「厄除《やくよけ》祈願」と――もうひとつはトーゼン、「良縁祈願」でありますよ。

いちばん最後に、「これはどうかな」と、編集長が「交通安全」のところにお賽銭を投げてみると、反応しません。ライトもつかないしお説教も聞こえない。

「わ、縁起でもない」

「いや、閻魔さまにも見離されたら、逆にもう怖いものはないってことじゃないですか」

「校條さん、しばらく車の運転を控えたほうがいいんじゃないの」

勝手なことを言う我々の前で、編集長は今一度、はっしとばかりにお賽銭を投入。すると今度は無事にライトが灯《とも》り、一同有り難くお説教を受けて、一路、先を急いだのでありました。

深川江戸資料館は、日曜日になると観光バスがやってくるほどの名所になってしまいましたし、それに伴って、町もずいぶんときれいになり、観光客向けの辻道《つじみち》しるべなども立てられるようになりました。深川の町にとっても、これは幸せなことだと思います。

資料館から徒歩で、どぜうの「伊《い》せ㐂《き》」めざして歩いていくあいだにも、小さな運河にかけられた橋を渡ります。高橋《たかばし》の上から見おろす川の水には、そろそろ春の温《ぬく》もりが感じられるような、まだまだ冷たいような。

「小名木《おなぎ》川の堤防はきれいに整備されて、桜並木になってるんですよ」

「仙台堀も今は埋め立てられて、水上公園みたいになってます。ここも桜がきれいです」

そんなふうに説明しながら歩いてゆくと、ますます里心がついてしまったわたしです。やっぱり、深川はいいなあ。

「伊せ㐂」では、小説新潮でのわたしの前の担当者であった葛岡さんも合流し、柳川《やながわ》鍋《なべ》や葱《ねぎ》をどっさり加えたどぜう鍋、鰻《うなぎ》の蒲焼《かばや》きなどをテーブルの上いっぱいに並べて、本日の道中を振り返りました。食通の池波さんは、どぜうだけはあまりお好みではなかったようで、作品のなかにも登場してこないそうです。そのかわりといってはなんですが、池波さんが『むかしの味』のなかで紹介しておられる「キャベツ・ボール」という食べ物が、わたしが子供のころから食べているおかずであることを発見して、大いに楽しい思いをしました。レシピは実に簡単。ざく切りにしたキャベツを炒《いた》めて、そこに揚げ玉を入れて、ウスターソースをジャッとかけるのです。ご飯のおかずに美《お》味《い》しいですよ。

ほかのひとは誰も知らなかったところをみると、これもやっぱり、下町ふうの食べ物なのかもしれません。下町ブーム、江戸ブームとかでにぎわっていますし、深川飯ももんじゃ焼もいいですが、キャベツ・ボール（うちではキャベツ・ホールと呼んでいます）もお試しくださいませと宣伝して、しめくくりといたしましょう。

ああ、おなかいっぱい。

注釈
講釈
後日談

「浮沈」の巻

①**ブルックリン【ぶるっくりん】**『火車』という作品の英語版が出版されたとき、ヘラルド・トリビューンという新聞社の記者の方がインタビューに来てくれて、いろいろお話しした際、あなたが生まれたのは東京のどんなところかと尋ねられたので、
「ダウンタウンで、ブルックリンみたいで、ベリ、デンジャラスなのだ」

と答えましたら、通訳の方が笑い出してしまいました。そこまで危険じゃないってね。ただ、ちょうどその数日前に、深川で発砲事件があってひとり亡くなっていたものですから、ついつい。

②**オートマチック閻魔さま【おーとまちっく・えんま・さま】**これが、そのお姿ですが、怖いような、怖くないような……。いまこうして拝むと、なんだか微笑ましいというか、可愛らしいですね。でもでも、ウソをついたら、舌を抜かれそうでありますよ。

いかがわしくも愛しい町、深川

山本周五郎の短編小説の佳作《かさく》『深川安楽亭《あんらくてい》』は、そのタイトルの示すとおり、安楽亭という名の居酒屋を舞台に、ほとんど芝居のひと幕ものと同じような形で描かれた作品です。この安楽亭には、今日でいうところの非行少年・青年たちがたむろしており、危険な抜荷《ぬけに》に手をそめて、その日その日を刹那《せつな》的に、人生そのものを綱渡りのようにして生きているのですが、そこに、恋人を身請《みう》けするための金を盗んで袋叩《ふくろだた》きにされたお店者《たなもの》の若者が担《かつ》ぎこまれ、それに前後して、「おれはここを知っている」と言いながら、ひとりで孤独に酒を飲み何事かを嘆いている、正体のよくわからない中年の男が姿を現す——ということで、話は始まります。

作品の味わい……とりわけ、周五郎の終生《しゅうせい》のテーマとも言われている「無償の奉仕」の精神に触れるこの筋書きについては、もう語ることはないでしょう。ただ、このエッセイのためにいくつかの作品を読み返しているとき、もう十七、八年ほど昔のことになりますが、わたしが初めて山本周五郎の作品を読んだころ、同じように周五郎の作品に触れていた友人が、「こういう小説を読むと、心を洗い張りに出したような気持ちになる」と、中学生にしてはえらく詩的な表現をしていたことを、ふと思い出しました。平成を生きる多感な少年少女たちは、『樅《もみ》ノ木《き》は残った』や『さぶ』や『青べか物語』を読んだとき、今ではもう死語に近くなってしまった「洗い張り」という言葉の代わりに、どんなものを以《もっ》て感動を表現するのだろうかと思うと、興味深いものがあります。

『深川安楽亭』の舞台、安楽亭はむろん架空の店でありますが、無頼《ぶらい》な若者のアジトであり、抜荷の基地であり、居酒屋でありながら一見《いちげん》の客は足を踏み入れることのできない空気を持つこの店を設定するには、やはり、深川はうってつけの土地であると思います。長短編を問わず、周五郎の有名な作品のなかで、タイトルに地名が冠されているのは、この『深川安楽亭』と『柳橋物語』ぐらいのものではないでしょうか。どちらも、どうしたってこの地名、この土地での出来事でなくてはならない作品です。そして、深川で生まれ育ったわたしは、このことに、ちょっと自慢めいた感情をいだいています。

自分の生まれ育った土地については、その気になればいつでも知ることができると思っているせいか、案外無知なままでいることが多いものです。わたしもその例にもれず、時代小説の習作を書き始め、江戸ものの資料を目にするようになるまでは、深川という土地が、当時の江戸の人々にとって、「人外魔境《じんがいまきょう》」のようなものだったということを、ほとんど知りませんでした。漠然と、昔からまああんまり金持ちの住む町じゃなかったんだろうな、というぐらいの認識しかなかったわけです。ですから、江戸期の中ごろまでは、深川だけではなく隅田川を渡った東側、両国橋の向こう一帯が、いわゆる朱引《しゅび》きの外であり、江戸市中ではなく、従って町奉行所の管轄《かんかつ》でさえなく、お代官さまや八州《はっしゅう》さまの管理の下に置かれていたのだということを知ったときには、いささか唖然《あぜん》としたものです。我が家は深川に住んでわたしで四代目なものですから、父などは「うちは江戸っ子だ」と公言しているのですが、それはトンデモナイ勘違いだったということになるわけですから。

深川は、朱引きの内側の江戸市民が日々の生活のなかで排出するゴミを埋め立ててつくられた、人工の土地です。風紀も悪く、流れ者が出入りし、治安は極めて悪かった。そのかわり、いわば新地ですから、文化・風俗の風通しはよくて、きっと刺激にあふれた面白い町でもあったろうと思います。土地っ子の友達で、やはり昔のわたしと同じように、深川の真実について知らなかった人にこの話をするとき、わたしはよ

く、

「ほら、ニューヨークのブルックリンみたいなものよ」と表現することにしています。大勢の人間が出入りし、きれいごと抜きの、生《き》の感情や欲望がぶつかりあっている町。

ただ、少しばかり残念なことに、近年、この深川も、都市化の一途をたどりつつあります。うんと顎《あご》をあげないと空が見えないというくらいにビルやマンションが立ち並び、運河は埋め立てられ、公園や緑地になっています。安楽亭が抜荷の基地となっているのは、この地が堀割や運河に恵まれていたからであるわけですが、悲しいことに、現在の深川の町からは、そのころの面影を想像することさえ難しくなってしまいました。

町が創造的なエネルギーを持つためには、なんらかの形である種のいかがわしさを内包していなければならないもの、と思います。江戸のころの、周五郎が安楽亭を存在させたころの深川には、たしかにそういういかがわしさがあったのでしょう。そして、そこにはそういう土地に対する愛憎なかばする感情も、同じように存在していたはずです。出ていきたいと思うほどいかがわしく、卑俗で、でもどうしようもなく愛《いと》しい町。

深川が、東京のなかにあまた存在する、おしゃれで近代的でスマートな町に似てきつつある現在、わたしはせめて、意地っ張りで泥臭い、下町の人間であり続けたいものだと思っています。

日常の五心
一、ハイと云う　素直な心
一、すみませんと云う　反省の心
一、わたしがしますと云う　奉仕の心
一、おかげさまと云う　謙虚な心
一、ありがとうと云う　感謝の心

あとがき

本文中で言いたい放題言い散らした後なので、これ以上まだナンカ言うことあるのかオマエ！　という感じですが……。

小説以外の企画物のエッセイを書いたり、それを本にまとめることをずっと渋っていたわたしが、本書だけは楽しくつくりあげることができました。お世話になった新潮社の皆様に、深く御礼を申し上げます。とりわけ、なんといっても校條剛編集長サマ！　お楽しみ企画のために時間と資金を与えてくださいました。今後は、甘い甘いハニー校條編集長とお呼びいたします。

担当諸氏の健脚にも脱帽。みんな、ダイエットになりましたか？　重い機材を担《かつ》いでずっと付き合ってくださったマック田村さん、さぬきうどん土居さん、次にはもっと楽な仕事でご一緒しましょうね（笑）。本当にお疲れさまでした。

最初にこの企画を思いついたとき、それはやる価値があるからやりなさいと背中を押してくれた現文庫編集部長の池田雅延さん、ありがとうございました。管理職なのにすっごい機動力をお持ちなので、ヒソカに騎馬奉行池田神楽守《かぐらのかみ》とお呼びしているのですが、今後ゲリラ的お徒歩のあるときは、ぜひ馬を駆ってご参加ください。

本文中でも少し触れたと思いますが、お徒歩日記の企画が進行中、ミヤベは週刊新潮誌上で何本か短い読切時代小説を書いていました。その際にじっくりとお付き合いをいただきました当時の週刊新潮編集部次長、現総務部長の宮沢徹甫さん、「お徒歩、いいね。ああいうことはどんどんやるべきだよ」と励ましていただいて、歩く元気が出ました。宮沢さんをコードネームでどうお呼びしようかと相談しましたところ、ニコライ江木氏が、

「そりゃもう、オッケー宮沢でしょう!」

と力強く断言していました(なぜでしょう?)。お徒歩で鍛えた足で、これからもオッケーのもらえる原稿を書き続けられるよう、頑張ります。

当時のミヤベの出版部担当で、現在は「新潮」編集部におられる宮辺尚さん。健康と勉強と一挙両得の企画だねえと、応援ありがとうございました。ちょうどあのころ、ミヤベの担当が宮辺さんで、宮辺さんの部下でやはりミヤベの担当が庖丁人《ほうちょうにん》中村さんで、文庫編集部の次長さんがやはり中村さんという名字《みょうじ》で、文庫のミヤベ担当者がハカセ阿部さんで、ミヤベの本名が矢部で、集まって話すと誰が誰に話しかけてるのか

判《わか》らなくなっておかしかったですねえ。

　そして締めくくりには、やはり、ニコライ江木氏と死海文書タナカ氏に、特別に御礼を申し上げねば。ニコライ江木さんには、資料集めからルートの作成、移動や宿泊の手配など、ありとあらゆることでお世話になりました。死海文書タナカさんは、単行本化の際に本当にすごいエネルギーを本書に注いでくれて、他の仕事は大丈夫なのかと、ミヤベ心配になりましたよ、ホント。なお文中の編集パートの註《ちゅう》は、このお二人の手になるものです。

　それでは読者の皆様、長々とお付き合いをいただき、ありがとうございました。そして皆様に、良き旅、良きお徒歩の道がありますように!

平成十年六月吉日

宮部みゆき

文庫版のためのあとがき

ミヤベにとっては唯一《ゆいいつ》の小説以外の本である『平成お徒歩日記《かち》』が新潮文庫に収められることになりました。読者プレゼントという初のイベント付きで単行本を出せたときも嬉《うれ》しかったですが、〃ちょいと歩いてちょいと健康になってちょいとあれこれ見たり聞いたりしよう〃というコンセプトのお徒歩本は、できるだけ早めにコンパクトな文庫サイズにしたいという希望もありましたので、あらためて喜んでおります。

読み直すと、勉強不足の上にミーハーで、いやはや本当に恥ずかしい限りです。こういうのをこそ〃若書き〃というのではないかしらと、ゲラを見ながら一人で赤面しました。

単行本を出して、文中のクイズにたくさんの読者の皆さんから解答をお寄せいただいたこと、我々もお徒歩を楽しんでいますという共感のお手紙をいただいたこと、続きはないのかという問い合わせを受けて、担当編集者が「もうできません」と思わず本音でお答えしてしまったこと——などなど、楽しい思い出がたくさんあります。これ以上、何をゼイタクなことを言ってもバチがあたりそうですが、せっかくハンディな文庫の形で再お目見えした『お徒歩日記』、皆さんの旅行鞄《かばん》やタウンバッグやデイパックの片隅にちょいとお邪魔して、ちょいとお散歩したい気分になったときの〝ちょいとガイドブック〟の役割も果たすことができれば、さらにさらに嬉しいぞ、と思っています。

宮部みゆき

平成十二年十月吉日

この作品は平成十三年一月新潮文庫『平成お徒歩日記』として刊行された。
新装完全版の刊行に際し、書き下ろし「半七捕物帳『津の国屋』を歩く」を収録の上、改題した。

なお、作中の地図は「お徒歩」当時のものです。

宮部みゆき著

ソロモンの偽証
―第I部 事件―
（上・下）

クリスマス未明に転落死したひとりの中学生。彼の死は、自殺か、殺人か――。作家生活25年の集大成、現代ミステリーの最高峰。

宮部みゆき著

荒　神

時は元禄、東北の小藩の山村が一夜にして壊滅した。二藩の思惑が交錯する地で起きた〝厄災〟とは。宮部みゆき時代小説の到達点。

宮部みゆき著

英雄の書
（上・下）

中学生の兄が同級生を刺して失踪。妹の友理子は、〝英雄〟に取り憑かれ罪を犯した兄を救うため、勇気を奮って大冒険の旅へと出た。

宮部みゆき著

悲嘆の門
（上・中・下）

サイバー・パトロール会社「クマー」で働く三島孝太郎は、切断魔による猟奇殺人の調査を始めるが……。物語の根源を問う傑作長編。

宮部みゆき著

幻色江戸ごよみ

江戸の市井を生きる人びとの哀歓と、巷の怪異を四季の移り変わりと共にたどる。〝時代小説作家〟宮部みゆきが新境地を開いた12編。

宮部みゆき著

小暮写眞館
（I～IV）

築三十三年の古びた写真館に住むことになった高校生、花菱英一。写真に秘められた物語を解き明かす、心温まる現代ミステリー。

ほのぼのお徒歩《かち》日記《にっき》

新潮文庫　み－22－11

令和元年十二月一日発行
令和三年四月十五日二刷

著者　宮《みや》部《べ》みゆき

発行者　佐藤隆信

発行所　株式会社　新潮社

郵便番号　一六二—八七一一
東京都新宿区矢来町七一
電話　編集部(〇三)三二六六—五四四〇
　　　読者係(〇三)三二六六—五一一一
https://www.shinchosha.co.jp

価格はカバーに表示してあります。

乱丁・落丁本は、ご面倒ですが小社読者係宛ご送付ください。送料小社負担にてお取替えいたします。

印刷・大日本印刷株式会社　製本・株式会社大進堂

ISBN978-4-10-136948-8　C0195